SIXIÈME SENS

COLLECTION TERREUR
dirigée par Patrice Duvic et David Camus

SIXIÈME SENS

Une novélisation de Peter Lerangis
D'après un scénario et un film
De M. Night Shyamalan

POCKET

Titre original :
THE SIXTH SENSE

Traduit de l'américain
par Maryvonne Ssossé

Si vous souhaitez recevoir régulièrement
notre zine « **Rendez-vous ailleurs** », écrivez-nous à :

« Rendez-vous ailleurs »
Service promo Pocket
12, avenue d'Italie
75627 PARIS Cedex 13

ISBN : 2-266-10710-0

Pour Asher Kahn

PROLOGUE

La nuit où sa vie changea pour toujours, Cole Sear s'était endormi sans effort. Sa fenêtre ouverte laissait pénétrer l'atmosphère caractéristique d'un automne citadin — odeurs de feuilles détrempées et de feu de bois, pétarades de tuyaux d'échappement. Contrairement aux autres soirs, le sommeil était venu facilement cette fois-ci. Peut-être un peu trop facilement. Plus loin dans le couloir, juste après le salon, sa mère aussi était couchée et somnolait, l'oreille tendue vers la chambre de Cole. Le moindre cri, un sanglot, le bruit d'un pied nu sur le parquet et elle se précipiterait immédiatement vers lui. Pour Lynn Sear, cette nuit était semblable à toutes les autres. Elle s'inquiétait pour l'argent, ses jobs, son divorce, et comme toujours — *toujours* — se faisait du souci pour Cole.

Leur appartement était un peu petit, un peu sombre, un peu en désordre. Il était situé au rez-de-chaussée d'une des maisons en brique qu'alignait une rue du quartier nord de Philadelphie Sud. Depuis le divorce, Cole et sa mère avaient travaillé dur pour faire de ces quelques pièces un foyer chaleureux et agréable, un petit nid pour deux.

En revanche, les visiteurs n'avaient pas été prévus dans leurs projets d'aménagement. Ils n'avaient certes pas été priés de venir. Mais ça ne les empêchait pas de s'inviter.

Ils passaient souvent. En fait, ils débarquaient à chaque fois que cela leur plaisait, sans jamais annoncer leur arrivée, même s'ils n'étaient pas les bienvenus. Seul Cole pouvait les voir.

À leur décharge, ils n'ennuyaient jamais Lynn. Et comme elle ne les intéressait pas, il lui était impossible de soupçonner leur présence.

C'est à Cole qu'ils rendaient visite.

Mais cette nuit-là, aucun ne s'était encore manifesté.

1

Dans le centre de Philadelphie, à environ un kilomètre et demi — et deux tranches d'impôts sur le revenu — du quartier de la famille Sear, le Dr. Malcolm Crowe et son épouse Anna vivaient dans une maison particulière, au porche large et accueillant. Ce n'était ni la plus grande ni la plus petite des maisons de la rue ; et, si elle était très connue du voisinage, c'était essentiellement parce que la lumière brillait souvent toute la nuit au troisième étage, à la fenêtre du bureau de Malcolm.

Philadelphie grouillait de psychiatres pour enfants, mais le Dr. Crowe avait acquis une notoriété qui le plaçait bien au-dessus de la masse. Son taux de réussite légendaire lui valait un carnet de rendez-vous rempli des mois à l'avance.

Cela faisait des années que Lynn Sear le connaissait de réputation. C'était d'ailleurs le cas de la plupart des parents dont les enfants rencontraient des difficultés. Nombre de ces parents appelaient le Dr. Crowe paniqués et presque tous se voyaient poliment renvoyés vers d'autres thérapeutes dont l'emploi du temps était moins surchargé. Mais Lynn était convaincue que son fils avait besoin des meilleurs soins et son obstination avait fini par porter ses fruits. Grâce à une annulation, Cole devait rencontrer le Dr. Crowe dans un mois. Lynn l'avait déjà eu personnellement au téléphone pour un entretien préliminaire. Elle était d'autant plus consciente de sa chance que, le jour même, le

Dr. Crowe avait été honoré au cours d'une cérémonie officielle à l'hôtel de ville. Avec toute cette publicité, il serait bientôt impossible de le joindre.

Cette nuit-là, alors que Cole et Lynn dormaient, Anna Crowe se rendit dans la cave de sa maison. Elle actionna l'interrupteur, qui illumina un endroit humide, froid et lugubre, quasiment vide, à l'exception d'un casier à vin abondamment garni. Elle soupira. Il faudrait qu'elle se décide enfin à aménager cet espace qui ne manquait pas de potentiel. Mais ce n'était pas le moment d'y réfléchir.

Elle parcourut du regard la rangée de bouteilles. Là. Un *Beaujolais Villages* [1], un bon cru, le vin préféré de Malcolm.

Anna frissonna. D'un seul coup, la pièce lui sembla bien trop froide pour une nuit d'automne — un froid humide qui remontait le long de sa colonne vertébrale comme un cordon glacial.

Elle remonta les marches quatre à quatre et referma la porte avec soin.

Son mari était étalé sur le plancher du salon. Malgré ses trente-huit ans, il avait gardé le sourire plein de confiance d'un homme de la moitié de cet âge et son physique vigoureux témoignait des week-ends qu'il passait à ramer sur la Schuylkill River. Seules les rides qui marquaient son visage révélaient l'approche de l'âge mûr. Des rides qu'il avait récoltées en passant des nuits blanches à démêler les problèmes dans lesquels se débattaient des enfants perturbés. Et les réponses simples n'étaient pas de mise.

Mais ce soir, Malcolm avait juré qu'il ne mettrait pas les pieds dans son bureau. Ce soir, il avait promis de célébrer l'événement comme il se devait.

Anna concevait leur couple comme l'union de l'intérieur et de l'extérieur. Tout comme Malcolm se consa-

1. En français dans le texte *(N.d.T.)*.

crait aux mystérieuses profondeurs de l'esprit, Anna se dédiait à son expression artistique. Elle possédait une petite boutique d'antiquités à la réputation grandissante. Mais c'est pour leur maison qu'elle réservait le meilleur de son talent. Elle en avait conçu l'aménagement dans le moindre détail — le poli sombre des boiseries murales, les facettes étincelantes du lustre de cristal dans le hall d'entrée, les confortables tapis persans aux couleurs délicates. Malcolm se refusait à qualifier son travail de restauration. Il disait : « reconstruction anatomique ».

Anna posa le vin sur la table basse et enfila un cardigan posé sur le dossier d'une chaise. Puis, elle tendit à Malcolm un sweat-shirt portant l'inscription Liberty Rowing Club, qui traînait sur le divan. « Ça se rafraîchit », fit-elle remarquer en se lovant contre lui alors qu'il avalait la dernière crevette d'un plat chinois à emporter.

En face d'eux, de l'autre côté de la table basse, dans son cadre de bois sombre, un certificat imprimé sur un vélin ivoire trônait sur une chaise. C'était la récompense que venait de recevoir Malcolm.

« En voilà un beau cadre, déclara Malcolm. Quel beau cadre que voilà. À ton avis, combien peut coûter un aussi beau cadre ? »

Anna aimait l'entendre tenir ce genre de propos loufoques. Ça lui arrivait de plus en plus rarement, ces derniers temps. « Je ne te l'ai jamais dit, mais quand tu es heureux, tu deviens dyslexique.

— Je suis sérieux, Anna, répondit-il avec un sourire affecté. Sérieux, je suis, Anna. »

L'œil exercé d'Anna jaugea rapidement le matériau et la valeur du cadre. « C'est de l'acajou, dit-elle d'un ton assuré. Je dirais qu'il vaut au moins deux cents dollars, peut-être trois.

— Trois cents dollars ? répéta Malcolm en prenant l'air étonné. Nous devrions le mettre au clou et acheter ce range-CD pour la chambre. »

Une plaisanterie, comme d'habitude. C'était du Malcolm tout craché. Tout ce qui soulignait sa réussite devenait matière à plaisanterie. Et il le faisait de manière assez irrésistible pour qu'il soit difficile de lui en vouloir. Quel était son problème ? S'il s'agissait de se garder de la vanité, c'était inutile, il faisait déjà preuve d'une humilité excessive. Vu la somme de travail qu'il abattait, son extrême perspicacité, le nombre de parents qui lui exprimaient leur gratitude en pleurant au téléphone, sans compter tous les dessins d'enfants qui ornaient les murs du salon — il avait largement le droit, voire le devoir, de recueillir les fruits de ses efforts et de se laisser récompenser.

Eh bien, cette nuit, c'était l'occasion ou jamais. Il méritait largement ce prix, et Anna était décidée à le lui faire savoir. À le lui faire sentir. « Est-ce que tu comprends à quel point ça peut être important ? demanda-t-elle. C'est vraiment un grand moment. Tiens, laisse-moi te lire ce certificat.

— Je suis vraiment dyslexique ? »

Malcolm se pencha pour essayer de la chatouiller. Anna se mit hors de portée d'un geste souple. « Attends. “En reconnaissance de ses éminentes réalisations dans le domaine de la psychiatrie, de la manière dont il se consacre à son travail et de ses efforts constants pour améliorer la vie d'innombrables enfants et de leur famille, c'est avec fierté que la ville de Philadelphie décerne à son fils, le Dr. Malcolm Crowe — c'est toi —, une mention spéciale du maire pour excellence professionnelle.” Wouah... ils t'ont appelé *fils de Philadelphie.* »

Malcolm acquiesça. « Nous pourrions l'accrocher dans la salle de bains.

— Cette nuit est très importante pour nous, insista Anna. Quelqu'un a fini par reconnaître tous tes sacrifices — le fait que tu as tout fait passer en second, moi y compris, pour aider ces familles dont ils parlent. »

Les doigts de Malcolm, taquins et légers, caressaient

la joue d'Anna. En fait, elle détestait avoir à lui rappeler ses « sacrifices ». Mais c'était là leur unique véritable sujet de discorde — les dîners oubliés, le retard chronique, les annulations de dernière minute. Mais le problème était réel, et ils ne s'étaient jamais dissimulé la vérité. Néanmoins, elle avait découvert ce travers bien avant de l'épouser et s'était mariée en connaissance de cause. *Pour le meilleur et pour le pire*, avaient-ils dit. Et de toute façon, le jeu en valait la chandelle.

« Ils disent aussi que mon mari possède un don, continua Anna en lui prenant la main. Pas un don ordinaire qui lui permette de frapper une balle et de la lancer par-delà les limites du terrain, ou de produire de belles images sur une toile. Ton talent te permet d'apprendre aux enfants à se montrer forts dans des situations où la plupart des adultes seraient morts de peur. Je suis absolument d'accord avec ce qu'ils ont écrit sur toi, Malcolm. »

Ses yeux brillaient d'émotion. Malcolm l'étreignit avec douceur. « Merci, murmura-t-il.

— Les larmes n'étaient pas prévues au programme. Nous sommes censés célébrer l'événement. »

Malcolm eut un large sourire. « J'aimerais avoir un peu de vin rouge dans un verre. Je n'en voudrais pas dans une tasse. Je n'en voudrais pas dans une carafe. »

Anna éclata de rire.

Ça y est, il recommençait.

Elle avait envie de l'embrasser.

Elle l'aimait.

Ils étaient un peu gris en regagnant leur chambre. Un peu gris et d'humeur coquine. Anna valsait et sa légère robe violette voletait paresseusement dans la brise d'automne qui soulevait aussi les rideaux indigo.

Pour la millionième fois, Malcolm se réjouissait qu'elle ait miraculeusement accepté de l'épouser. Dans la douce lumière qui baignait la chambre, Anna était exquise. D'ailleurs, elle était toujours exquise. Sa peau nacrée accrochait la lumière, ses cheveux fluides, d'un brun riche, encadraient son visage comme un écrin en forme de cœur. Elle le provoquait du regard — ce regard qui pouvait être en même temps malicieux et ardent, intelligent et patient, ouvert et direct, tout en gardant une part de mystère silencieux et insondable. Durant toutes leurs années de mariage, Anna ne lui avait jamais semblé deux fois la même. Avec elle, l'existence n'avait jamais cessé d'être une aventure.

Ce soir, elle était de bonne humeur. Mais elle avait aussi un peu froid car le vent était vif, aussi Malcolm se retourna-t-il pour fermer la fenêtre.

Il s'arrêta net en voyant le verre brisé.

Anna cessa de danser. Les débris de la vitre s'étaient éparpillés en éclats acérés par terre, le long du tapis. Tout près de là, il aperçut des fragments de la lampe de chevet, brisée elle aussi. À l'instar de la fenêtre, l'atmosphère légère qui présidait à leur soirée *vola instantanément en éclats*. Le sang se glaça dans leurs veines. Ils avaient compris.

« Il est encore dans la maison », murmura-t-elle.

Derrière eux, une ombre traversa furtivement le parquet. Anna hurla.

Malcolm pivota. La salle de bains était éclairée.

Il s'approcha avec prudence. Une chemise noire gisait sur la porcelaine blanche. Un pantalon noir. Des vêtements qu'il n'avait jamais vus.

Parle-lui, s'exhorta Malcolm. *Reste calme. Ne montre pas ta peur. Évite d'avoir l'air menaçant.*

Mais avant que Malcolm n'atteigne la salle de bains, un homme apparut dans la lumière. L'intrus.

Le jeune homme, d'une vingtaine d'années, ne portait qu'un slip blanc. Son corps émacié était couvert de cicatrices enflammées, sa lèvre inférieure avait été ouverte par un coup récent. Ses cheveux bruns, sales et emmêlés, étaient marqués d'une strie blanche à la tempe gauche. Comme un enfant coupable, il s'arrêta maladroitement devant le lavabo, tête basse et mains croisées dans une attitude de soumission.

Ne montre pas ta peur.

« Ne bouge pas, Anna, dit Malcolm. Ne dis rien. »

Puis d'un ton égal, calme, il s'adressa au jeune homme. « Nous sommes au numéro 47 de Locus Street. Vous avez brisé une fenêtre et vous avez pénétré dans une propriété privée. Comprenez-vous ce que je vous dis ? »

L'homme leva les yeux. Au milieu d'un visage hagard et déformé par la rage, son regard vitreux était instable.

Cependant, ce fut sa voix qui effraya le plus Malcolm. Une voix saccadée, suppliante, qui exprimait le plus profond désespoir, une plainte portée par des mots : « Il y a tant de choses que vous ne savez pas. »

Je connais cette voix. Je connais ce désespoir. Combien de fois l'ai-je déjà rencontré ?

« Il n'y a ni aiguilles ni médicaments d'aucune sorte dans cette maison... »

L'homme tourna son regard fou et implorant vers Anna. « Vous savez pourquoi vous avez peur quand vous êtes toute seule ? »

Puis son visage se défit brusquement, les lèvres se mirent à trembler. « Moi, je sais...

— Que voulez-vous ? laissa échapper Anna.

— Ce qu'*il* m'a promis ! rétorqua l'inconnu en désignant Malcolm du doigt.

— Mon Dieu », balbutia Anna.

Malcolm observa de plus près le visage du jeune homme. Il lui trouvait un air familier. « Je vous connais ?

— J'avais dix ans quand vous avez travaillé sur mon cas, indiqua l'homme avec amertume. Vous vous rappelez ? L'hôpital de jour à Downtown. Une famille monoparentale. Je souffrais sans doute de troubles de la personnalité. Je n'avais pas d'amis. Vous disiez que j'étais socialement isolé. J'avais peur et vous avez appelé ça des troubles aigus de l'anxiété. *Vous vous êtes trompé !* »

Malcolm recula. Le profil — il connaissait ce profil psychologique. Il cherchait dans le passé — quand ? Environ une dizaine d'années, peut-être... *Il y avait eu tant de visages, tant d'expressions indéchiffrables...*

« J'ai dix-neuf ans, continua l'étranger. J'ai de la drogue dans le corps vingt-quatre heures sur vingt-quatre. Je n'ai toujours pas d'amis. Je n'ai toujours pas trouvé la paix. J'ai toujours aussi peur. »

Il s'arrêta, ravalant un sanglot. « J'ai toujours aussi peur.

— Donnez-moi une seconde pour réfléchir. »

Les doigts de Malcolm tremblaient en touchant le visage du jeune homme. *Il y a dix ans. Ou plutôt neuf. Ces yeux...* « Ben Friedkin ?

— Il y en a qui m'appelaient le Cinglé.

— Ronald ? Ronald Summer ?

— Je *suis* un cinglé. »

Le Cinglé. Ce surnom. Il y avait ce garçon autrefois. Un sujet doux, très perturbé, un cas difficile. *Le garçon qui portait toujours une écharpe, même en été...* « Vincent ? Vincent Gray ? »

Un éclair de surprise traversa le regard de l'homme.

Malcolm laissa échapper un soupir de soulagement. « Je me souviens très bien de toi, Vincent, dit-il avec gentillesse. Tu étais un bon gamin. Très intelligent... calme, plein de compassion. Une compassion exceptionnelle.

— Vous oubliez de dire que j'étais *maudit* ! cria Vincent, en larmes. *Vous m'avez laissé tomber !* »

Il faut le calmer. Parle-lui.

« Je suis désolé de ne pas avoir pu t'aider, Vincent. Mais je peux essayer de nouveau, maintenant. »

Vincent se tourna d'un geste brusque. Sa main droite plongea dans le lavabo et en ressortit armée d'un pistolet.

Malcolm recula. Vincent leva son arme.

La détonation brisa la paix de la nuit d'automne. Malcolm tomba en arrière sur le lit, les mains crispées sur son estomac. Anna laissa échapper un hurlement d'horreur.

Pendant qu'elle s'agenouillait auprès de son mari, Vincent pointa le pistolet sur sa propre tête et pressa la gâchette.

2

C'était comme si le temps n'avait pas passé. Mais une année s'était écoulée et les arbres arboraient les couleurs éclatantes du changement de saison.

Malcolm ne songeait plus que rarement aux événements de cette terrible soirée, il ne pensait plus à la détonation et à la manière dont tout avait changé. Mais il était resté un psychologue — et en dépit de cette horrible effusion de sang, il ne pouvait s'empêcher de se sentir responsable de ce qui était arrivé à Vincent Gray. Malgré tous ses autres succès, il s'était montré impuissant à aider ce garçon.

Maintenant, il semblait que le destin lui offrait une opportunité d'essayer de nouveau.

Assis sur un banc, de l'autre côté d'une rangée de maisons en brique, il se remémorait les caractéristiques d'un cas qui l'intriguait. C'est un des nombreux patients qu'il n'avait pas pu traiter. Il se souvenait vaguement d'avoir parlé à Mme Sear. Elle s'était montrée particulièrement pressante, insistant pour que son fils voie Malcolm aussi vite que possible.

Il pouvait comprendre ses raisons.

Malcolm suivit du doigt les quelques notes qu'il avait prises lors de leur conversation téléphonique plus d'un an auparavant. Il avait encerclé les phrases capitales : *Anxiété aiguë... socialement isolé... possible trouble de la personnalité... statut parental : divorcés... difficultés de communication mère-fils.*

Les symptômes étaient les mêmes que ceux de Vincent. Mot pour mot.

Ça le rendait nerveux de recommencer. Il avait conscience de la colère et de la frustration d'Anna, et sentait que cette tension qui avait toujours existé entre eux ne faisait que s'accentuer. Elle croyait venir en second dans les préoccupations de Malcolm ; elle le lui avait clairement dit.

Naturellement, c'était loin de la vérité. Mais son boulot le passionnait et il en avait été tenu éloigné pendant longtemps. Elle avait toujours fini par comprendre cette part de lui-même. Il espérait qu'elle continuerait.

Une vie pouvait dépendre de sa manière de traiter ce cas. Peut-être cette fois arriverait-il à faire un peu de bien ? Peut-être cette fois pourrait-il éviter qu'une nouvelle tragédie ne se produise ? De quelle manière ? il ne savait pas exactement. Mais encore une fois, on ne commençait pas une relation avec un patient en ayant des réponses toutes prêtes. Il fallait d'abord écouter.

Malcolm leva la tête en entendant craquer la porte de la maison. Le battant s'ouvrit avec lenteur.

Le garçon apparut, scrutant la rue avec attention. Petit pour ses huit ans, il atteignait à peine la poignée. Ses lunettes, au moins trois fois trop grandes, ne faisaient qu'accentuer cette impression de fragilité.

Malcolm fourra ses notes dans son attaché-case et s'apprêta à traverser le terre-plein qui séparait la rue en deux.

Mais le garçon avait déjà filé et descendait le trottoir de brique aussi vite que ses petites jambes le lui permettaient. Avait-il vu Malcolm ?

Celui-ci se lança à la poursuite de l'enfant dont il suivait la progression à travers le rideau de buissons qui les séparait. Le gamin prit à droite au coin de la rue. Il fonça dans un parking qui se trouvait au bout du pâté de maisons.

Du parking, on accédait à la rue voisine, où se dressait une grande église de brique. Cole était quasiment suspendu aux poignées de la porte et tirait de tout son poids pour ouvrir le lourd battant de chêne. Il s'engouffra dans l'édifice, en proie, semblait-il, à une violente frayeur.

La résistance. Un phénomène assez fréquent chez un enfant de cet âge.

Malcolm prit une profonde inspiration et le suivit.

À l'intérieur, il découvrit que l'église était presque vide, hormis un fidèle qui priait dans le fond et une rangée de petits soldats alignés sur le dossier d'un banc au milieu de la nef.

Malcolm se glissa tranquillement dans la rangée suivante, juste derrière les soldats. Une petite main apparut et plaça un chevalier auprès d'un roi.

« *De profundi... clamad... Domine...* »

Cole marmonnait quelque chose d'à peine intelligible qui semblait être du latin.

Fais attention à ne pas l'effrayer. Contente-toi d'engager la conversation.

« Tu sais un truc à propos des églises ? commença Malcolm. Dans l'ancien temps, en Europe, les gens avaient l'habitude de demander l'asile dans les églises pour se cacher. »

Cole le regarda par-dessus le banc. Il avait un petit visage, un peu pincé, au menton effilé. Ses cheveux avaient besoin d'une bonne coupe, et il semblait avoir une tache de peinture blanche à l'arrière de la tête.

Mais Malcolm fut surtout frappé par l'extraordinaire regard du garçon qui le jaugeait à travers ses lunettes sans verres. Ses yeux bruns et pensifs avaient la gravité triste de quelqu'un qui aurait dix fois son âge.

Malcolm était presque certain que l'enfant opterait pour le mutisme. Au lieu de cela, il se mit à parler d'une toute petite voix : « Qu'est-ce qui les obligeait à se cacher ?

— Oh, beaucoup de choses, j'imagine. Les

méchants, d'abord. Des gens qui étaient décidés à les emprisonner ou à leur faire du mal.

— Alors, rien de mauvais ne peut arriver dans une église, n'est-ce pas ? »

Malcolm pouvait difficilement répondre avec honnêteté. Il redoutait d'ébranler les certitudes de l'enfant. Aussi longtemps que Cole restait capable d'éprouver confiance et espoir, il serait en mesure d'accepter de l'aide. « Dis-moi, on dirait que tes lunettes n'ont pas de verres.

— Ce sont celles de mon père. Les verres me faisaient mal aux yeux.

— Je savais bien qu'il y avait une explication », dit Malcolm avec un sourire chaleureux.

L'absence du père pose décidément un problème. « Qu'est-ce que tu disais à tes soldats tout à l'heure ? Dé... pro... fon...

— *De profundis clamo ad te Domine*, répondit Cole. C'est une langue qui s'appelle le latin. »

Le gamin faisait preuve d'une intelligence remarquable. « Et tes soldats comprennent le latin ?

— Non, il n'y en a qu'un. »

Cole dévisagea longuement Malcolm. « Es-tu un bon docteur ? » demanda-t-il finalement.

Il est aussi perspicace. « J'ai eu un prix une fois. C'est le maire qui me l'a donné. Le cadre valait très cher.

— C'est super, commenta Cole avec un petit signe de tête.

— Merci. C'était il y a longtemps, maintenant. Je m'étais en quelque sorte retiré pendant un moment. Tu es mon premier client depuis que j'ai recommencé. »

Le garçon se mit à ranger ses figurines et Malcolm entrevit un de ses avant-bras. La peau était recouverte d'un dense réseau de coupures et d'ecchymoses ; certaines, visiblement récentes, étaient encore irritées.

Malcolm en eut le souffle coupé. Encore une autre ressemblance avec Vincent.

Cole se leva. « On va se revoir, pas vrai ? demanda-t-il.

— Seulement si tu es d'accord. »

Sans répondre, l'enfant s'engagea dans l'allée et remonta vers l'autel dans l'intention d'emprunter une sortie qui se trouvait sur la gauche.

Malcolm le regarda s'éloigner, fasciné par la tache blanche qui se détachait à l'arrière de la tête de Cole.

Ce n'était pas de la peinture mais une mèche de cheveux blancs.

Le petit garçon repartait d'une démarche légèrement plus assurée. Juste avant de changer de direction pour prendre la sortie, il subtilisa au passage une petite figurine religieuse posée sur l'autel.

Plongé dans ses pensées, Malcolm remontait Locus Street. Cole paraissait intelligent, calme, sensible. Son imagination était particulièrement active, mais semblait correspondre à son âge.

Cependant il savait que les enfants comme Cole pouvaient réserver bien des surprises. La kleptomanie, par exemple, introduisait un élément troublant.

Et bien sûr, les cicatrices pouvaient résulter d'anciennes acrobaties sur le terrain de jeu, sait-on jamais ? Même s'il ne semblait pas être du genre sportif.

La peur avait poussé le garçon à s'abriter dans l'église. Il avait visiblement besoin d'un refuge. De protection. Contre quoi ? Est-ce que sa mère l'agressait ? Cela ne semblait pas être le cas — sinon pourquoi aurait-elle tant insisté pour obtenir un rendez-vous ? Les gamins à l'école, peut être ? Le physique frêle de Cole et son caractère devaient immanquablement lui attirer des ennuis.

Mais les voyous susceptibles d'infliger d'aussi sérieuses lésions physiques ne sévissaient que plus tard — pas avant d'atteindre le CM2 ou la sixième, beaucoup plus rarement en CE2.

Peut-être Cole s'infligeait-il lui-même ces blessures ?

Malcolm devrait visiter l'école. Observer le comportement de la mère à la maison. Toutes choses dont il ne s'était sans doute pas suffisamment préoccupé dix ans auparavant.

La similitude entre les deux cas avait quelque chose de mystérieux, de troublant — jusqu'à cette mèche de cheveux blancs. Il y avait sûrement là une explication, une correspondance qui échappait à Malcolm.

Quoi qu'il en soit, il savait d'ores et déjà que ce cas exigerait du temps et de l'énergie.

Au numéro 47, il franchit d'un bond les marches du porche et déverrouilla la porte d'entrée. Une lumière diffuse éclairait le hall et une montagne de courrier en équilibre précaire se dressait sur la table. En haut de l'escalier, une douce lumière émanait de la chambre. Anna était rentrée.

« C'est moi ! » cria-t-il.

Pas de réponse.

Il se débarrassa de sa veste et de sa cravate, et les jeta négligemment sur le divan. Sur la table de la salle à manger, le couvert n'avait été dressé que pour une seule personne. Les restes d'un repas à moitié consommé traînaient encore sur l'assiette.

Elle ne l'attendait plus pour dîner. Ils avaient pourtant coutume de manger ensemble.

Il savait qu'Anna avait peur. Elle craignait de revivre le même traumatisme. Malcolm-reprenant-le-travail signifiait Malcolm-s'exposant-de-nouveau-aux-maniaques-homicides. Elle devait aussi se sentir déprimée en songeant que la vie allait reprendre comme avant : Anna quittant chaque soir à la même heure son magasin d'antiquités pour rentrer dans une maison vide. Ou pire, Anna trouvant l'homme de sa vie s'acharnant à disséquer l'âme d'enfants qui allaient grandir et revenir un beau soir réclamer vengeance.

La patience d'Anna commençait à s'émousser.

L'irruption de Vincent Gray avait tout bouleversé.

Malcolm gagna l'étage et entra à pas de loup dans la chambre. Sa femme était endormie, pelotonnée de son côté du lit. Sa lampe de chevet était encore allumée.

Dans sa main droite, elle serrait un mouchoir roulé en boule encore humide de larmes. Elle ressemblait à un ange mélancolique. Il n'eut pas le cœur de la réveiller, elle avait l'air si paisible. Inutile de la contrarier.

Malcolm quitta la chambre. Il ressentait le besoin de se retirer dans son bureau, installé maintenant dans le sous-sol.

Il se glissa en bas et essaya, sans succès, d'ouvrir la porte de la cave. Elle était verrouillée.

Manifestement, Anna était en colère.

Travailler dans le sous-sol n'était pas une expérience très agréable. Malcolm n'avait pas d'étagères, son bureau était coincé contre le casier à vin et ses affaires avaient été entassées pêle-mêle.

Il dénicha son dictionnaire latin dans une pile de vieux livres. Il ne s'en était pas servi depuis le collège et, quand il l'ouvrit, une épaisse couche de poussière tomba de la couverture.

Il ouvrit son carnet de notes sur le bureau à côté du gros volume et relut ce qu'il avait transcrit dans l'église — la phrase de Cole : *De profundis clamo ad te Domine.*

Il feuilleta le dictionnaire pour une traduction mot à mot.

Du fond de l'abîme je t'implore, ô Seigneur.

Malcolm reconnut la phrase.

C'était tiré de la messe des morts.

3

« ... il fait actuellement trente-deux degrés à Philadelphie Sud, par ce lundi matin pluvieux, avec de fortes probabilités de pluie plus tard dans la journée. Les titres de ce matin... »

Lynn Sear éteignit la radio posée au-dessus du sèche-linge. Il était déjà trop tard pour se laisser distraire par les nouvelles. Comme toujours, elle courait après les minutes, et son seul haut propre se trouvait dans le panier à linge.

Malheureusement, Sebastian, le chiot de Cole, s'y trouvait aussi. Profondément endormi.

Elle tira sur son corsage, réveillant pour quelques instants la petite bête somnolente, et secoua le vêtement pour le défroisser. Elle l'enfila rapidement en se rendant à la cuisine.

Cette jeune femme soignée, à l'air juvénile, dégageait un charme tranquille. Elle s'obstinait à qualifier de queue-de-vache la lourde chevelure brune que ses amis admiraient. Si ses gestes étaient diligents et efficaces, son regard exprimait l'aplomb d'une femme qui sait quelle est sa place dans le monde, pour en avoir été le principal artisan.

Bien qu'elle ait laissé la cuisine parfaitement rangée la veille, il y avait déjà du désordre. Le tiroir à couverts et deux placards étaient ouverts. Les céréales de Cole s'imbibaient de lait dans un bol sur la petite table, pendant qu'il s'habillait dans sa chambre.

Lynn secoua la tête. Un de ces jours, il faudrait qu'il apprenne à faire ces choses dans le bon ordre.

« Cole ? »

Elle adorait son fils. Tout ce qu'elle faisait, chaque pensée de ses longues journées tournait autour d'une unique question : *Qu'est-ce qui sera le mieux pour Cole ?* Ils vivaient sans doute dans un foyer monoparental, mais l'amour qu'elle partageait avec son fils avait fait plus que simplement compenser le départ de son mari. En revanche, Cole souffrait de l'absence de son père et cela brisait le cœur de Lynn — surtout parce que, franchement, Ken Sear était le dernier des saligauds. En ce moment même, il devait être installé bien au chaud dans son petit appartement de Pittsburgh, en train de se faire servir des œufs et du bacon par Trudy, la receveuse du péage, la femme pour qui il les avait quittés.

Peu importe. La vie était trop courte pour se permettre d'éprouver de l'amertume. Cole et elle formaient une bonne famille. Et Lynn était prête à lui donner toute l'attention dont il avait besoin et ne négligerait aucune opportunité pour assurer son avenir. Supporter les frais de son éducation à la St. Anthony Academy était un combat de tous les jours, mais cela valait chacune des pièces de monnaie durement gagnées. Il grandirait parmi des gens de bien, avisés et cultivés. Il parviendrait même à leur apprendre une ou deux petites choses. C'était tout à fait ce genre d'enfant.

Si seulement c'était si simple.

Depuis longtemps, elle avait cessé d'essayer de prédire le comportement de Cole. Il pouvait changer d'humeur d'une minute à l'autre, passant brusquement de la joie à la terreur, et se mettre à trembler comme un roseau agité par le vent. Les hurlements nocturnes, les mains moites — toutes ces manifestations étaient censés disparaître après le divorce. C'était ce que les prêtres et les psychologues avaient dit. Mais ils s'étaient trompés.

Le pire, c'étaient les coupures et les contusions. Il devait sans doute se les infliger lui-même. Elle les découvrait le matin, sachant pertinemment qu'elles n'existaient pas la veille. Là aussi, les toubibs et les curés avaient des réponses toutes prêtes. Beaucoup d'enfants se griffaient dans leur sommeil, avaient-ils dit.

Mais si sauvagement ? avait-elle eu envie de répondre. Cole n'était pas capable d'une telle férocité.

Une fois qu'ils avaient dit : « Il s'en sortira en grandissant », ils avaient atteint leur efficacité maximale. C'était vraiment d'un grand secours.

Quelque chose allait mal. Horriblement mal.

Mais quel que soit le problème, elle était déterminée à en venir à bout. Pour arriver à ses fins, il lui faudrait apprendre à son fils qu'il devait avoir confiance en lui. Manifester de l'attention et de l'amour. Lui procurer l'aide des meilleurs professionnels et le soutenir jusqu'à ce qu'il aille mieux.

C'était la seule manière de réagir qu'elle pût envisager.

Elle savait qu'elle devait se montrer forte et attentive. Et, à cet instant précis, cela signifiait avaler une bonne tasse de café fort.

Elle ferma rapidement les tiroirs et les placards, puis sortit la cafetière. En versant l'eau, elle remarqua que ses mains tremblaient. La température était brusquement tombée.

Elle se tourna et remonta le thermostat.

Cole se tenait debout dans l'embrasure de la porte de la cuisine. Il semblait presque impeccable dans son uniforme de St. Anthony — blazer, pantalon kaki, cravate à pince.

« Tes céréales sont complètement détrempées », fit-elle remarquer alors qu'il s'installait à table.

Son œil expérimenté de mère tomba droit sur une

trace de graisse qui maculait sa cravate. « Tu as une tache. »

En un rapide enchaînement de gestes exercés, elle défit la fermeture, se rendit dans la buanderie, jeta la cravate suspecte dans la machine à laver et en sortit une propre du sèche-linge.

Quand elle revint dans la cuisine elle faillit s'évanouir.

Tous les tiroirs, tous les placards — *sans exception* — avaient été ouverts à la volée.

Cole était assis, tout raide, exactement à l'endroit où elle l'avait laissé quelques instants auparavant. Son petit visage était très pâle et les paumes de ses mains se pressaient sur la table en Formica.

Lynn déglutit avec difficulté. Comment avait-il fait une chose pareille ? Elle n'avait quitté la cuisine que quelques secondes. Elle réprima un début de panique.

« Tu cherchais quelque chose, chéri ? demanda-t-elle d'une voix douce.

— Des biscuits », répondit Cole en détournant les yeux.

Lynn regarda dans un placard ouvert où était rangée la nourriture. La boîte de biscuits était en face, sur la deuxième étagère. « Ils sont juste là.

— Oh. »

Elle prit la boîte et la lui tendit.

Cole refusait toujours de rencontrer son regard.

« À quoi tu penses, maman ? demanda-t-il sans pouvoir masquer la peur dans sa voix.

— À plein de choses, répondit Lynn, d'un ton aussi dégagé que possible.

— Tu penses du mal de moi ? »

Elle se pencha, posant les coudes sur la table, pour se mettre au même niveau que son fils. « Regarde-moi dans les yeux. »

Cole se retourna vers elle avec circonspection.

« Je ne pensais absolument pas de mal de toi,

déclara-t-elle avec une douce conviction. C'est compris ? »

C'était la stricte vérité. La vie était déjà trop pleine de gens qui ne cherchent qu'à vous rabaisser. Mais cela ne se produirait sûrement pas sous son toit.

Au grand jamais.

« J'ai compris », dit Cole, d'un ton un peu plus assuré.

La sonnette de la porte d'entrée interrompit leur conversation.

« C'est Tommy, maman. »

Cole se leva, embrassa sa mère sur la joue et courut jusqu'à la porte.

« Et ça, tu n'en veux pas ? » dit Lynn en brandissant un biscuit.

Cole freina, fit demi-tour, saisit le biscuit d'un geste hésitant et repartit.

Lynn regarda la surface de la table.

Les empreintes humides de deux petites paumes s'évaporaient doucement.

Cole sauta les marches et atterrit sur le trottoir de brique, où l'attendait Tommy Tammisimo. Tommy n'avait que huit ans, mais en paraissait un de plus. Grand et solidement bâti, il portait ses cheveux bruns coupés court. Il semblait toujours être vêtu de neuf et, lorsqu'il souriait, son visage se creusait de deux trous que les adultes appelaient fossettes.

Depuis que Tommy avait joué dans une pub idiote, il se prenait pour une star.

Avec un immense sourire, bien trop amical, il prit le sac de Cole et lui passa le bras autour des épaules. Ensuite, il se tourna vers la maison et adressa un joyeux signe de la main à Lynn qui les observait de la fenêtre du salon.

Au bout du pâté de maisons, lorsqu'il fut sûr d'être hors de vue, Tommy lâcha l'épaule de Cole et lui flanqua son sac entre les bras. « Eh, le Cinglé, comment t'as trouvé le coup du bras-autour-de-ton-épaule ? demanda-t-il avec un sourire suffisant. Ça m'est venu d'un coup. C'est un truc de grand acteur. On appelle ça de l'impro. »

Tommy détala vers l'école. Il tourna la tête pour crier : « Fais attention ! J'espère que personne ne te sautera dessus ! »

Très drôle.

Cole regarda à droite vers les épais buissons qui ornaient le terre-plein, puis à gauche vers les massifs de plantes vertes qui poussaient au coin de la rue. Puis il reprit son chemin vers l'école avec prudence.

Il fut le dernier à rentrer. Alors que les autres enfants se pressaient pour entrer avant que la cloche de l'école ne se taise, il resta debout seul dans la rue vide, parmi les feuilles qui jonchaient le sol.

St. Anthony était installé dans une bâtisse large et massive, aux portes flanquées de solides colonnes et qui portait au fronton des inscriptions en caractères fantaisie où il était question de justice et de démocratie. C'était un des plus vieux immeubles de Philadelphie Sud, qui servait à l'origine de tribunal.

Cole en connaissait long sur son histoire. Peut-être un peu trop. L'endroit le terrifiait. Les enfants le terrifiaient.

Fourrant les mains dans ses poches, il caressa ses petits soldats. Puis, il prononça une prière rapide et entra.

4

Quand Cole revint de l'école cet après-midi là, Malcolm l'attendait. Il était installé dans un fauteuil recouvert de tissu marron, usé mais confortable et muni d'un petit carré de plastique destiné à protéger l'endroit où l'on posait la tête. Lynn lui faisait face, assise dans un siège presque jumeau et une modeste table basse les séparait. Les jouets de Cole s'alignaient le long des plinthes et sur les tablettes des fenêtres. On en trouvait aussi dans de vieilles boîtes trop remplies ou sur les étagères. Malcolm trouvait l'endroit chaleureux, un peu étriqué, mais propre et bien aménagé. Visiblement, aucune pièce de la maison n'était interdite à Cole — une bonne chose pour un enfant de huit ans.

Cole rentra, les épaules tombantes et l'air légèrement déprimé, un peu l'attitude qu'il avait adoptée en quittant l'église à leur première rencontre.

En découvrant Malcolm, il s'arrêta et détourna les yeux.

Lynn quitta son fauteuil et alla à la rencontre de son fils. « Comment ça s'est passé aujourd'hui à l'école ? »

Cole haussa les épaules.

Lynn s'agenouilla auprès de lui. « Tu sais, tu peux me parler si tu en as besoin. »

Malcolm remarqua que Cole refusait de le regarder. L'enfant fixait sa mère avec une intensité mêlée de gêne.

Lynn eut soudain un sourire espiègle. « Bien, tu sais ce que *moi* j'ai fait aujourd'hui ? »

Cole secoua la tête en signe de dénégation.

Elle réfléchit un instant. « Je... j'ai gagné à la loterie de Pennsylvanie. J'ai laissé tomber mes boulots. J'ai mangé un super pique-nique dans le parc avec plein de gâteau au chocolat et puis j'ai nagé dans la fontaine tout l'après-midi. Et *toi*, qu'est-ce que tu as fait ? »

Un sourire apparut lentement sur le visage de Cole. Sa mère et lui jouaient à ce jeu depuis qu'il avait commencé l'école. Cela le déridait toujours. « À la récré j'ai été choisi pour jouer avant-centre, commença-t-il. J'ai marqué un super but qui nous a fait gagner la partie et tout le monde m'a pris sur ses épaules et m'a acclamé. »

L'expression de Lynn était toujours chaleureuse et pleine de gaieté, mais Malcolm avait perçu son chagrin — elle avait pleinement conscience que le plus grand rêve de son fils était d'être *accepté*. Et qu'il considérait cela comme une chimère inaccessible.

« Je vais préparer des crêpes. Le dîner sera prêt dans une heure », déclara Lynn.

Elle prit le cartable et le manteau de Cole et partit vers la cuisine.

Debout sous la voûte qui séparait le salon du hall d'entrée, le garçon semblait frêle et malingre. Malcolm désigna le siège que Lynn venait de quitter « Tu veux t'asseoir ? »

Le garçon fit non de la tête.

Malcolm s'y attendait. Cole ressentait cette visite comme une violation de son espace. Sa réaction était tout à fait normale. C'était à Malcolm de le mettre à l'aise. Il s'agissait de rester discret et surtout de ne pas donner l'impression d'exiger quoi que ce soit ou de vouloir le forcer. « Tu n'as guère envie de parler pour le moment, n'est-ce pas ? » commença-t-il d'un air jovial.

Cole lui répondit d'un nouveau signe de tête.

« Et si on jouait d'abord à un petit jeu ? »

Cette fois, Cole ne broncha pas. Un incontestable progrès.

« Cela consiste à lire dans la pensée, continua Malcolm. Est-ce que je t'ai déjà dit que je pouvais lire dans les pensées ? Voilà de quoi il s'agit. Je vais lire dans ton esprit. Si j'ai raison, tu fais un pas vers le fauteuil. Si j'ai tort, tu recules d'un pas vers la porte d'entrée. Si tu arrives jusqu'au fauteuil, tu t'assieds. Si tu arrives à la porte, tu peux partir. O.K. ? »

Cole eut l'air surpris, mais surtout intrigué. Il acquiesça, toujours d'un simple signe de tête.

Bingo.

C'était une des meilleures stratégies de Malcolm. Les gamins appréciaient ce jeu. Il gagnait la plupart du temps, car chaque enfant lui livrait involontairement des indices. La circonspection de Cole trouvait sans doute son origine dans de précédentes rencontres ratées avec des psychothérapeutes.

Il s'adossa à son siège et ferma les yeux. Les doigts pressés sur le front, il laissa échapper un doux bourdonnement haut perché et déclara : « Juste après le divorce entre ton papa et ta maman, elle est allée voir un docteur comme moi et il n'a pas pu l'aider. Donc... tu penses que moi non plus je ne pourrai pas t'aider. »

Malcolm ouvrit les yeux. Cole resta immobile une seconde, sourcils froncés. Puis il fit un pas en avant, ses pieds glissèrent silencieusement sur le tapis en acrylique aux motifs mouchetés.

Malcolm répéta son rituel mystique puis lança : « Ce qui t'inquiète, c'est qu'elle t'a expliqué qu'elle lui a confié des choses — des choses qu'elle ne pouvait pas dire à quelqu'un d'autre. Des secrets. »

Cole avança de nouveau, quittant le tapis pour se tenir sur le plancher.

Cette fois, Malcolm le regarda directement. « Tu as un secret. Mais tu ne veux pas me le dire. »

Un nouveau pas. Encore un autre et il atteindrait le siège.

Cole semblait agité, effrayé, et Malcolm essaya de le détendre. « Tu n'es pas obligé de me dire ton secret si tu n'en as pas envie. »

Au moment où il portait de nouveau ses doigts à son front, il remarqua une montre d'adulte trop large qui encerclait le poignet de Cole. « Ton père t'a offert cette montre avant son départ. »

Bump. Cole fit un pas en arrière. « Il l'a oubliée dans un tiroir. Elle ne marche plus », expliqua-t-il.

D'accord. Il était temps de se concentrer sur les traits de caractère qui avaient déjà été mis en évidence. Timidité. Discours bien articulé et connaissance du latin. « Tu n'aimes pas beaucoup parler à l'école, essaya Malcolm. Mais ça ne t'empêche pas d'être un bon élève. Tu n'as jamais eu de sérieux ennuis. »

Un nouveau pas en arrière. « On nous a demandé de faire un dessin — ce qu'on voulait, expliqua Cole d'une voix calme. J'ai dessiné un homme. Il avait été blessé à la gorge avec un tournevis par un autre homme. »

Une imagerie violente. Voilà qui ne faisait pas partie du profil.

Mais ça n'avait rien d'illogique.

Malcolm se rappela qu'il était trop tôt pour sauter aux conclusions. Ces visions sombres chez les enfants sensibles provenaient souvent des émissions de télévision.

« Tu as vu ça à la télé, Cole ? » demanda Malcolm.

Cole recula une fois encore. Il avait remonté tout le terrain perdu. Il n'était plus qu'à un pas de la porte.

« Tout le monde a été fâché. Il y a eu une réunion. Maman s'est mise à pleurer. »

L'intonation de Cole était très particulière. Neutre, prosaïque, teintée de tristesse et sans aucune trace du timbre chantonnant ou des marmonnements caractéristiques de la plupart des enfants de cet âge. « Je ne dessine plus comme ça, maintenant.

— Comment dessines-tu, maintenant ? voulut savoir Malcolm.

— Je dessine des gens qui sourient, des chiens qui courent, des arcs-en-ciel, répondit Cole avant de marquer une courte pause. Personne ne fait de réunions à cause des arcs-en-ciel.

— J'imagine que non », commenta Malcolm en hochant la tête.

Cole resta immobile, observant son interlocuteur avec curiosité. « Qu'est-ce que je pense en ce moment ? lança-t-il, mettant Malcolm au défi.

— Tu penses que... »

Malcolm était complètement désorienté. Il n'avait pas choisi le bon jeu pour quelqu'un qui avait la forme d'esprit de Cole. Il ne suivait pas les schémas. Il émanait de lui une sensation de fragilité et d'impuissance, comme s'il avait déjà découvert les cruelles limites de la vie. Il savait comment manipuler les adultes et avait appris à ne rien attendre d'eux. Cependant, il avait terriblement besoin d'aide. D'aide et de confiance. « Je ne sais pas à quoi tu penses pour le moment, Cole. »

L'enfant recula dans l'entrée. « Je pensais que vous étiez gentil, mais que vous ne pouviez pas m'aider. »

Sur ce, il tourna les talons. Ses paroles, prononcées d'une voix flûtée, à peine au-dessus du murmure, imprégnées de peur et de confusion, continuaient à faire vibrer l'air.

Le jeu était terminé.

Mais le travail venait à peine de commencer. Malcolm était arrivé tout près du but... il désirait par-dessus tout apporter son aide au gamin qui venait de s'esquiver... il ne fallait pas que ça recommence, cette fois il ne le laisserait pas s'échapper.

Malcolm consulta sa montre au moment où il entra en trombe au Bella Luna.

Huit heures et demie.

Il aurait voulu se battre comme plâtre. Le cas Sear avait consumé toute sa soirée — d'abord le rendez-vous avec Cole, puis quatre grosses heures d'études dans son bureau.

Et tout ça pourquoi ? Il avait moins progressé que jamais. Par-dessus le marché, il était en retard d'une heure pour le dîner de son anniversaire de mariage. Il fallait que ça tombe ce soir.

Anna allait le tuer. C'était exactement le genre de choses qu'elle détestait le plus. Ce qui faisait de ses pires accusations une réalité.

Malcolm pouvait difficilement la blâmer. Elle lui répétait toujours qu'il ne savait pas gérer son temps et elle n'avait pas tort. Ce genre de charmants petits défauts juvéniles ne seyait pas très bien à l'âge mûr. Ils se transformaient en manque d'égards et marquaient un comportement passif-agressif. Et Anna était un être humain, consciente qu'aucun d'entre eux n'allait rajeunir. Alors, trop peu de temps ensemble était trop peu de temps ensemble.

Il la découvrit exactement à l'endroit où il s'attendait à la trouver. Elle avait choisi la table qu'ils occupaient lorsqu'il lui avait demandé de l'épouser. Ce soir-là, il avait soudoyé le maître d'hôtel à l'avance pour être certain d'obtenir la bonne place. C'était l'endroit le plus tranquille et le plus romantique du restaurant, près d'une plante en pot au feuillage abondant, avec une vue sur le magnifique travail en fer forgé du portail d'entrée. Mais ce soir, elle était seule. Le couvert de Malcolm avait été débarrassé. Et devant Anna, éclairée par la petite lampe de table, une grosse part de gâteau au chocolat était restée intacte.

Pourtant, elle adorait le gâteau au chocolat. Elle adorait toute sorte de nourriture. Mais lorsqu'elle était bouleversée, elle perdait l'appétit.

Malcolm se disait qu'elle n'avait sans doute même pas touché sa salade, ce soir-là.

Il rejoignit la table et prit une profonde inspiration. Quand tout est perdu, il reste l'humour, se dit-il. « Je pensais que tu parlais de *l'autre* restaurant italien où je t'ai demandé de m'épouser », risqua-t-il.

Anna ignora la plaisanterie.

« Je suis désolé, reprit alors Malcolm, laissant tomber le masque. On dirait bien que je ne suis pas capable de me rendre compte que le temps passe. En plus, ça n'a pas trop bien marché aujourd'hui. J'ai passé du temps à essayer de remettre mes idées en ordre. »

D'un geste brusque, Anna appela le serveur.

Malcolm s'assit en face d'elle. « C'est incroyable à quel point ils sont *semblables*, Anna. Ils ont les mêmes particularités, les mêmes expressions — la même *chose* qui plane autour d'eux. Peut-être ont-ils été tous les deux violentés ? »

Anna lui lança un bref regard, mais il eut l'impression qu'elle regardait droit à travers lui.

« Il y a des égratignures sur les bras de Cole, continua Malcolm. Probablement des marques d'ongles, j'imagine. On dirait qu'il s'est défendu — peut-être d'un voisin ou d'un professeur. Je ne pense pas que ce soit la mère. C'est juste une question d'instinct — ça ne colle pas avec la manière dont elle agit vis-à-vis de lui. Bien sûr, c'est difficile d'être affirmatif aussi tôt. Ça peut aussi être un enfant qui grimpe souvent aux arbres », conclut-il en haussant les épaules.

Le serveur s'arrêta à peine à la table pour y poser l'addition. Malcolm tendit la main pour la prendre, mais Anna la ramassa avant qu'il n'ait la moindre chance de la toucher. Elle la signa sur-le-champ et repoussa sa chaise.

« Je sais que j'ai été un peu distrait et je sais à quel point ça peut te mettre en colère, ajouta Malcolm. Mais j'ai peut-être une seconde chance. Je ne peux pas la laisser passer. »

Anna attendit qu'il ait terminé avant de se lever.

« Joyeux anniversaire », dit-elle alors d'un ton amer, puis elle partit.

Malcolm resta à table, se prit la tête entre les mains et écouta s'éloigner le bruit des pas d'Anna.

5

« C'est par là que je passe pour aller à l'école avec Tommy Tammisimo », expliqua Cole le lendemain, alors qu'il précédait Malcolm sur l'escalier extérieur de sa maison.

Malcolm acquiesça, ajustant son pas à celui de l'enfant qui remontait le trottoir de brique. « C'est ton meilleur ami ? voulut-il savoir.

— Il me déteste.

— Et toi, tu le détestes aussi ? »

Cole secoua la tête. Non.

« C'est ta maman qui s'est débrouillée pour qu'il t'accompagne ? »

Cole hocha la tête cette fois.

Une équipe de football passa devant eux, des gamins pas plus vieux que celui qui marchait à côté de lui, turbulents, insouciants et heureux — tels que Cole devrait être.

Aucun ne le salua.

« Est-ce que tu as déjà parlé à ta maman de la manière dont les choses se passent avec Tommy ? reprit Malcolm.

— Je ne lui dis rien.

— Et pourquoi ?

— Parce qu'elle ne me regarde pas comme les autres le font. Et que je ne veux pas que ça arrive. Je ne veux pas qu'elle le sache.

— Qu'elle sache quoi ?

— Que je suis un cinglé. »

Ce mot. Cet horrible mot avilissant.

« Écoute-moi, déclara Malcolm d'une voix ferme. Tu n'es pas un cinglé. Ne crois pas ceux qui te disent une chose pareille. »

Dans son émotion, Malcolm avait juré en expliquant à l'enfant qu'il ne devait pas grandir en pensant qu'il était un cinglé. Cole fut surpris et impressionné — pas tant par le conseil que par le juron.

Au carrefour suivant, ils tournèrent sur la droite.

Cole montra à Malcolm l'école et le terrain de jeu. Ils parcoururent le quartier et Cole lui signala les endroits importants. Puis ils arrivèrent dans la partie chic du voisinage, où les maisons étaient plus grandes et plus coquettes. Cole montra la maison de Tommy.

Ils ne progressèrent guère ce jour-là, mais Malcolm s'y attendait. Après l'atmosphère un peu compassée de leur première rencontre, il lui fallait gagner la confiance du garçon et le mettre à l'aise. Lorsque Cole parvenait à se détendre un peu, il se révélait gentil et courtois, attentif et plein d'égards. Et visiblement doué. Il était promis à un brillant avenir — si toutefois, il parvenait à surmonter ses problèmes actuels.

Cette nuit-là, Malcolm s'endormit dans son bureau, la tête sur les pages ouvertes d'un livre intitulé *Enfants perturbés*.

Le lendemain, Lynn Sear avait une matinée de repos. Cela signifiait qu'elle pouvait conduire Cole à l'école, faire le ménage et la lessive avant de devoir partir travailler. Elle coiffa les écouteurs de son baladeur, monta le volume et vaqua à ses tâches.

La maison s'était de nouveau refroidie. Un froid inhabituel. Elle remonta le thermostat au passage pendant qu'elle faisait le tour de la maison avec le panier à linge pour ramasser les vêtements sales. Une paire de chaussettes et un tee-shirt avaient été jetés au pied du Mur de la Célébrité, surnom que Cole avait donné à une des cloisons, couverte du sol au plafond de photos de famille. Elle s'arrêta pour ramasser les vêtements et s'attarda un moment pour ranimer le parfum fugace des souvenirs qui se dégageait des images. Comme de bien entendu, presque toutes les photos avaient Cole pour sujet central. Elle aimait particulièrement celle où, à trois ans, il souriait d'un air plein de défi, comme si rien au monde n'avait le pouvoir de le rendre triste. Déjà à cette époque, il semait ses vêtements partout dans la maison.

Son regard fut attiré par un léger reflet à gauche du visage de son fils, un demi-cercle de lumière avec une ligne verticale en son centre. On aurait pu croire que la chose était en mouvement, comme si l'appareil avait surpris une minuscule fée Clochette dans un moment de distraction.

Sans doute le reflet du soleil sur l'objectif, songea-t-elle.

Mais en continuant à examiner le mur, elle s'aperçut que le phénomène se reproduisait de photo en photo. Cole à l'anniversaire de ses deux ans, Cole sous l'arbre de Noël à l'âge de cinq ans, Cole et Lynn à Hersheypark, au barbecue du quartier, à la piscine. Partout, on retrouvait le même reflet. Que les images aient été prises à l'extérieur ou à l'intérieur. Et c'était toujours à la même place, juste à côté du visage de son fils.

Étrange. Il lui faudrait faire réviser l'appareil.

Lynn s'arracha au Mur de la Célébrité et poussa jusqu'à la chambre de Cole. Comme d'habitude, elle était dans un état catastrophique. Une honte, car bien que petite, c'était la plus jolie pièce de la maison. Elle y avait conservé les lambris d'origine, faits d'un bois sombre qui donnait à la chambre une allure solide et masculine. Au fil des années, Lynn y avait réuni de jolies lampes et des meubles anciens. Elle avait aussi posé aux murs tous les beaux dessins que Cole avait faits, représentant des familles heureuses, de jolies maisons et des arcs-en-ciel. Il aimait dessiner des arcs-en-ciel.

Pour entrer dans la pièce, Lynn dut contourner la tente de fortune que Cole avait installée juste devant la porte. Une chose branlante fabriquée à partir de vieux draps de lit rouges, avec des bâtons de bambou en guise de piquets, le tout tenant grâce à des pinces à linge. Une pancarte écrite à la main, portant la mention « Défense d'entrer », était accrochée de travers sur le rabat.

Elle aurait dû s'en débarrasser depuis longtemps, mais elle n'osait pas. Cole adorait s'y tenir. C'était son espace privé, un endroit réservé à lui seul, où personne ne pouvait l'ennuyer — et puisque cela le rendait si heureux, alors tant pis pour le désordre.

Le bureau de Cole était également un fouillis sans nom, il disparaissait sous un monceau de papiers accumulés n'importe comment. De sa main libre, elle commença à les ranger, lorsqu'elle remarqua une page couverte d'une écriture tourmentée et chaotique.

Elle se pencha pour mieux voir.

Les mots couvraient toute la page. Ils étaient de la main de Cole, mais on aurait dit qu'il tenait le stylo dans son poing serré et avait écrit dans tous les sens comme s'il menait une course contre le temps, sans jamais soulever ses mains du papier — des mots pleins de colère, orduriers...

... Christ, brisez la glace de la folie oh non Mon Dieu que diable se passe-t-il... FERME-LA MAUDIT BÉBÉ OU JE TE JURE QUE JE TE PLANTERAI *que quelqu'un éteigne ce feu* JE VAIS VOUS TUER JE VAIS TOUS VOUS TUER SALAUDS...

Lynn lâcha le panier à linge.

Malcolm arriva à la maison après l'école cet après-midi là. Cole évitait la confrontation directe, continuant à jouer avec ses figurines derrière le divan. Malcolm posa quelques questions orientées, qui se rapportaient à la vie de Cole, à son père, au divorce, et au déménagement dans leur appartement actuel. L'enfant lui fournissait des réponses polies mais brèves.

Le problème était de glisser le sujet des écrits violents dans la conversation.

La pluie qui criblait les vitres du salon rendait l'atmosphère un peu étouffante. Malcolm s'efforçait de se détendre pour mieux écouter Cole. Par moments, il apercevait le sommet d'un bonnet bleu et une petite main qui se levait pour mener un chevalier à la bataille.

« Alors, ton papa vit à Pittsburgh avec une dame qui travaille à un guichet de péage, dit Malcolm.

— Si jamais elle a envie de faire pipi pendant qu'elle travaille, tu crois qu'elle se retient ? pépia Cole sans quitter sa place derrière le divan.

— Je ne sais pas. Je me posais justement la même question. »

Cole fit plonger une de ses figurines vers le plancher et émit divers bruits d'explosion. Malcolm regarda sa montre. « Tu poses beaucoup de questions sur papa, aujourd'hui, fit remarquer Cole. Comment ça se fait ?

— Quelquefois, même sans nous en rendre compte, on fait des choses pour attirer l'attention — on fait des choses pour exprimer ce que l'on ressent à propos des disputes, des divorces ou des trucs comme ça.

— Nyyyyeaou... poooosh... aggghh ! »

Cole s'exprimait à voix basse, étouffée. Malcolm n'avait aucun de moyen de savoir s'il l'écoutait ou non. Il continua cependant, mesurant soigneusement ses paroles : « Par exemple, quelqu'un pourrait laisser quelque chose sur son bureau pour que quelqu'un d'autre le trouve. »

La tête de l'enfant s'immobilisa. Il se tut.

« Cole, as-tu déjà entendu parler de quelque chose qui s'appelle l'écriture automatique ? »

Le bonnet de Cole bougea lentement d'un côté à l'autre.

« C'est quand tu prends un stylo dans la main, que tu le poses sur le papier et que tu te mets à écrire, expliqua Malcolm. Tu ne penses pas à ce que tu écris, tu ne lis pas ce que tu écris — tu te contentes de garder ta main en mouvement. Et si tu fais ça pendant assez longtemps, il y a des mots et des pensées qui commencent à venir alors que tu ne savais même pas que tu les avais en toi. Parfois ce sont des choses que tu as entendues quelque part. Parfois ce sont des sentiments qui sont cachés très profondément en toi. »

Malcolm se tut un instant, de manière à laisser l'enfant s'imprégner de ses paroles. Il observait attentivement le bonnet de Cole, qui dépassait par-dessus le dossier du divan. Rien ne bougeait.

« Est-ce que tu as déjà pratiqué l'écriture automatique, Cole ? » demanda-t-il au bout d'un instant.

Le bonnet de Cole bougea de haut en bas. C'était oui.

« Qu'est-ce que tu as écrit ?

— Des mots.

— Quelle sorte de mots ?

— De vilains mots.

— Est-ce qu'il t'était déjà arrivé d'écrire de vilains mots avant le départ de ton papa ?

— Je ne me souviens pas. »

Ça suffisait. Malcolm savait qu'il pourrait être dangereux d'insister, il ne fallait pas devenir un ennemi. Il était là pour planter des graines et permettre à Cole de se révéler petit à petit. Avant tout, un spécialiste de la psychologie enfantine devait apprendre à s'arrêter.

« Est-ce que tu pourrais faire quelque chose pour moi ? demanda-t-il en se levant pour enfiler son manteau. Je voudrais que tu réfléchisses à ce que tu veux faire du temps que nous passons ensemble — à quoi voudrais-tu que nous arrivions ? »

Il pouvait mieux voir Cole, maintenant. Le gamin était accroupi sur le plancher, le bonnet auréolait sa tête, maintenu par deux attaches Velcro qui se rejoignaient sous le menton. « Quelque chose que je veux, *moi* ? » demanda-t-il.

Malcolm sourit. Certains enfants avaient de la difficulté à imaginer qu'une relation thérapeutique puisse les aider, *eux*. « Si nous pouvions changer quelque chose dans ta vie, n'importe quoi, qu'est-ce que ça serait ? »

Cole fronçait les sourcils, aussi concentré que s'il cherchait la solution d'un problème de maths particulièrement ardu.

« Tu n'es pas obligé de répondre maintenant, ajouta Malcolm en se tournant vers la porte.

— Au lieu que ça soit quelque chose que je veux, ça pourrait être quelque chose que je ne veux pas ? »

Malcolm fit volte-face. Cole se tenait debout près du divan maintenant. Il portait une veste de son père qui traînait par terre.

Malcolm acquiesça d'un signe de tête et attendit la réponse. Les yeux du garçon, enfoncés dans leurs orbites, lui lançaient un regard grave. Il semblait rassembler son courage pour parvenir à s'exprimer.

« Je ne veux plus avoir peur. »

6

Le texte imprimé dansait devant les yeux de Malcolm. La matinée était déjà avancée — mais il ne tenait pas à connaître l'heure exacte. Cela faisait déjà de longues heures qu'il était au sous-sol. D'ailleurs, ces derniers jours, il avait quasiment eu l'impression d'y habiter.

Il se frotta les yeux et reprit sa lecture — un rapport de diagnostic concernant un profil de personnalité fort similaire à ceux de Vincent et de Cole.

À la fin de la page, une phrase attira son attention. Il l'encercla d'un trait de stylo :

... avec les symptômes présentés chez les enfants de ce type, les contusions et abrasions sur les membres peuvent, en réalité, avoir été infligés par le sujet lui-même.

C'était logique, en quelque sorte. Il était souvent arrivé à la même conclusion, sans pourtant en être réellement convaincu.

Vincent avait peut-être développé des pulsions autodestructrices durant l'adolescence. Mais lorsqu'il était enfant ? Il était comme Cole, de frêle constitution, doux et cérébral. Les écrits étaient une chose — ils représentaient peut-être un salubre exutoire pour les pulsions violentes. Mais il y avait un gouffre de l'acte à la pensée. Et Malcolm ne parvenait pas à envisager que Cole l'ait franchi.

En haut, quelqu'un sonna à la porte.

Malcolm leva les yeux. « Tu t'en occupes ? » cria-t-il.

Le pas d'Anna résonna sur les dalles du hall d'entrée, juste au-dessus de lui. Malcolm se leva et fit quelques pas, histoire de se détendre les jambes et de chasser les toiles d'araignée qui lui encombraient l'esprit.

« Eh bien, c'est à croire que tu ne me vois pas assez à la boutique ? »

La voix de sa femme parvenait jusqu'à lui à travers le plancher.

« J'avais l'intention d'aller au marché aux puces dans le pays amish », répondit une voix masculine.

Malcolm ne reconnut pas la voix, mais il pouvait définir le genre de l'individu juste à l'intonation. Une grosse tête qui venait de sortir major d'une école d'art, ravi de travailler pour un salaire de misère, juste pour démontrer ses connaissances en matière de causeuses Louis-XIV à la fine fleur des aristos de Philadelphie. « J'ai pensé que vous aimeriez m'accompagner, continua le jeune homme. Vous pourriez me montrer comment vous vous y prenez pour acheter ce genre de choses.

— Je te fais confiance, répondit Anna. D'un autre côté, je ne sais si je suis bien disposée pour aller au pays amish aujourd'hui. On ne peut ni jurer ni cracher chez eux. »

Malcolm sourit. Elle était peut-être furieuse après lui, mais elle n'avait rien perdu de son ironie.

« J'ai pensé que ça vous ferait du bien de sortir, insista l'autre. Vous n'êtes pas très en forme ces jours-ci. »

Le sourire de Malcolm disparut.

« C'est très gentil, mais je vais très bien.

— Voulez-vous que je m'arrête au retour pour vous montrer ce que j'aurai déniché. Ça ne me pose aucun problème. »

Comment ça, pas de problème ? Je te rappelle que

la dame est mariée, petit con ! avait envie de crier Malcolm. Ce type ne manquait pas de toupet.

« Tu sais, ce n'est probablement pas une très bonne idée, Sean, reprit gentiment Anna. J'attendrai de les voir au magasin.

— Très bien, d'accord, répondit Sean avec nervosité. J'ai compris... Bon, je file, alors.

— Fais attention à ne pas marcher dans le crottin de cheval.

— Merci ! »

La porte se referma. Malcolm traversa le sous-sol pour regarder par la fenêtre qui donnait sur la rue. Un jeune homme mince, aux cheveux noirs, remontait l'allée en courant vers un 4x4 garé dans le tournant. Il ne devait pas avoir dépassé les vingt-cinq ans et Malcolm trouva qu'il avait l'air poseur et prétentieux.

Sean tourna brusquement le dos à sa voiture, fit un pas hésitant vers la maison, avec la mine de celui qui vient de saboter un rendez-vous important. Puis, il s'arrêta, fit volte-face, frappa le capot d'un geste qui traduisait toute sa frustration et sauta dans sa voiture.

« Laisse tomber, mec », murmura Malcolm en secouant la tête.

7

Cole s'ennuyait. M. Cunningham avait le chic pour raser une classe entière.

Condamné à écrire encore et encore, *Je ne frapperai plus personne et ne donnerai de coups de pied*, Bobby O'Donnell gribouillait sur un des côtés du tableau noir. Bobby s'ennuyait lui aussi. C'était un garçon plutôt sympa, pas aussi nul que les autres — mais quand on le taquinait, il se défendait et M. Cunningham n'appréciait pas qu'on interrompe son cours.

Bien sûr, il y avait des professeurs plus horribles que M. Cunningham. Lui, au moins, n'était pas vieux, laid et fatigué comme Mme Hoogstratten, la prof de maths. Il était juste ennuyeux. Tous les jours, il avait exactement la même allure, mince, net et impeccable comme un mannequin dans une vitrine. Il s'exprimait lentement, prenant soin de bien articuler. Ça n'avait rien d'étonnant, car, lorsqu'il était enfant, il souffrait d'un problème d'élocution. Cole le savait par Mme Deems, un des plus anciens professeurs. Elle n'enseignait plus maintenant, mais elle avait eu M. Cunningham dans sa classe à St. Anthony quand *lui* était en CE2. D'ailleurs, dans le fond, il n'était pas si mauvais, puisque, en plus d'enseigner l'histoire sociale, il dirigeait aussi le club de théâtre.

Mais il n'avait rien à voir avec le Dr. Crowe. En fait, M. Cunningham n'était pas tellement différent des autres professeurs. Lui aussi pensait que Cole était un cinglé. C'était facile à deviner, ça se lisait dans ses yeux.

La leçon d'aujourd'hui était inscrite sur le tableau : le rôle de Philadelphie dans la Révolution américaine.

Cole avait posé son menton sur son bureau et placé son bras en arc de cercle devant lui. Il soufflait sur un crayon posé dans le périmètre ainsi délimité jusqu'à ce qu'il touche sa main. Il repoussait ensuite le crayon pour recommencer.

Il avait déjà dépassé cette leçon dans son livre. Il avait lu d'ailleurs toutes sortes de livres sur l'histoire de Philadelphie. Vu aussi toutes sortes de choses. Il avait plus de connaissances sur Philadelphie que M. Cunningham.

« Est-ce que quelqu'un peut deviner le nom de la capitale des États-Unis de 1790 à 1800 ? » demanda M. Cunningham, promenant un regard patient sur ses élèves.

Personne ne leva la main.

« Je vous donne un indice, continua le professeur. C'est la ville dans laquelle vous vivez.

— Philadelphie ! répondit tièdement toute la classe.

— Bien. Philadelphie est une des plus anciennes villes de ce pays. De nombreuses générations ont vécu et sont mortes dans cette ville. Presque tous les endroits que vous pouvez visiter ont été le théâtre d'importants événements historiques ou de simples anecdotes — y compris cette école et le terrain où elle est construite. Est-ce que quelqu'un peut me dire à quoi servait cet immeuble, il y a cent ans — avant que vous n'y veniez suivre vos cours, avant même que *moi* je n'y vienne ? »

Cole leva la main. S'il connaissait particulièrement bien un endroit, c'était bien celui-ci. Les pièces et les couloirs avaient leurs secrets, d'horribles secrets qu'il souhaitait ne jamais avoir découverts. Et pas seulement ceux que lui avait rapportés Mme Deems.

« Oui, Cole ? dit M. Cunningham.

— On avait l'habitude de pendre les gens, ici », répondit Cole.

M. Cunningham se renfrogna : « Ce n'est pas exact. Où as-tu été chercher ça ?

— Ils entraînaient les gens, qui pleuraient et embrassaient leurs familles pour leur dire adieu, continua Cole. Et ceux qui regardaient leur crachaient dessus. »

Maintenant, les autres élèves se regardaient en roulant des yeux étonnés.

Eh bien, quoi ? C'était la vérité. Et c'était bien la vérité qu'on était censé apprendre à l'école, non ?

« Cole, ce bâtiment était une cour de justice, expliqua M. Cunningham. On a aussi voté des lois ici. Quelques-unes des premières lois de ce pays. C'était un endroit rempli d'hommes de loi... d'hommes qui fabriquaient les lois.

— C'étaient eux qui pendaient tout le monde », répliqua Cole.

Le Regard. M. Cunningham l'observait avec le Regard, maintenant. Cole avait horreur de ça.

Il se détourna, fixant le plancher.

« Je ne sais pas lequel de ces garçons t'a raconté une chose pareille, dit M. Cunningham en désignant la classe d'un geste large. Mais je crois qu'ils ne cherchaient qu'à t'effrayer. »

Tommy Tammisimo se mit à ricaner. Des gloussements commencèrent à se faire entendre çà et là, jusqu'à ce que tout le monde — absolument tout le monde — se mette à rire. Ils le fixaient tous avec ce Regard. Même Bobby O'Donnell.

La peau de Cole commença à le démanger, il se mit à avoir des crampes d'estomac, son visage vira à l'écarlate.

Un sombre sentiment, trop familier, grandissait en lui. Les mots allaient suivre. Les mots, les hurlements, le désordre, la détention et on préviendrait sa mère et...

« Je n'aime pas que les gens me regardent comme ça ! jeta Cole.

— Comme quoi ? » demanda M. Cunningham.

Et il continuait à le faire — à regarder Cole comme s'il était une étrange forme de vie issue d'une autre dimension. « Arrêtez ! » hurla Cole.

M. Cunningham n'arrêtait pas. M. Parfait. Il pensait qu'il était si parfait. Une coupe de cheveux parfaite, des vêtements parfaits, tout parfait. Eh bien, il ne l'était pas. *Il ne l'était pas.*

« Je ne sais pas comment je pourrais te regarder d'une autre façon », dit M. Cunningham.

Il essayait de se donner l'air patient. Mais Cole savait que c'était loin d'être le cas.

Les mots explosèrent hors de sa bouche. « *Espèce de Stanley le bègue !* »

La mâchoire de M. Cunningham en tomba. « Pardon ?

— Vous parliez bizarrement quand vous étiez à l'école ici. Vous avez parlé bizarrement jusqu'au collège ! »

Les ricanements s'arrêtèrent net. Maintenant, ils observaient tous la scène, en silence. C'était encore pis lorsqu'ils étaient silencieux. Ça voulait dire qu'ils pensaient qu'il était... qu'il était...

M. Cunningham se rapprocha, le visage cramoisi. « Quoi... ?

— Vous ne devriez pas regarder les gens ! continua Cole. Ça les gêne.

— Comment oses-tu...

— *Arrêtez de me regarder !* »

Cole n'en pouvait plus. Il se mit les mains sur les yeux.

« À qui as-tu p-parlé ? »

Voilà. Le bégaiement. Il revenait. Après tout, Stan ley n'était pas aussi parfait qu'il le pensait. Lui aussi pouvait se sentir nerveux. Il n'aimait pas que les gens *le* mettent mal à l'aise.

« Stanley le Bègue ! Stanley le Bègue ! hurla Cole.
— Qui... ?
— Stanley le Bègue !
— A-a-arrête ça tout de suite ! »
Il se tenait juste à côté du bureau de Cole, maintenant. *Pourquoi ne s'éloignait-il pas ?*
« Stanley... »
M. Cunningham abattit son poing sur le bureau de Cole, qui fit un bond en arrière et laissa retomber ses mains.
Le visage du professeur n'était qu'à quelques centimètres du sien. L'homme était penché en avant, les veines de son cou palpitaient, ses yeux étaient injectés de sang. « T-t-tais t-t-toi, es-s-s-pèce d-de petit c-c-cinglé ! »

8

Malcolm passa la tête par la porte de la bibliothèque de St. Anthony. L'atmosphère de la pièce était sombre, oppressante et dominée par la couleur marron — lambris teintés de marron, chaises de cuir marron. Même les motifs des tapis orientaux étaient marron. L'air était imprégné de l'odeur du vieux cuir et de la poussière accumulée sur des livres que personne, semble-t-il, n'avait touchés depuis des dizaines d'années. C'était le genre d'endroit qui donnait l'impression d'être très, très stupide.

Il ne voyait Cole nulle part.

Malcolm s'apprêtait à repartir, lorsqu'il détecta un mouvement infime — une main battait un rythme impatient sur le bras d'un large fauteuil à haut dossier.

Le fauteuil tournait le dos à la porte.

Juste en face, de l'autre côté de la grande table en acajou, le siège du bibliothécaire était vide.

Ils avaient laissé Cole là-dedans tout seul. Visiblement, l'école jugeait que son cas était désespéré. Même les plus onéreuses écoles privées n'avaient pas les ressources nécessaires pour gérer un enfant tel que Cole.

Dépression nerveuse, syndrome de Tourette, troubles de la concentration — nombre de diagnostics figuraient sur le carnet de santé de Cole, mais pas un ne semblait avoir cerné le véritable problème.

Il était clair que si Cole devait rester à St. Anthony, il lui faudrait changer. Et la réussite de sa scolarité semblait être une des grandes préoccupations de Lynn Sear.

En revanche, la qualité des études de l'enfant ne faisait pas partie des priorités de Malcolm. Sa santé mentale passait avant tout. Si l'on parvenait à comprendre Cole, le reste suivrait.

Malcolm contourna tranquillement le bureau. « Salut, mon grand. »

Cole avait les yeux rouges et le regard dur. Il fixait le vide devant lui, lèvres pincées, épaules raidies. « Je n'ai pas envie de parler », jeta-t-il.

De l'autre côté des fenêtres, la récréation battait son plein. Malcolm prit place dans le fauteuil du bibliothécaire et observa un instant la partie de chat qui se déroulait dans la cour. L'une des règles semblait exiger de sauter à pieds joints dans une pile de feuilles mortes. Il sourit. Les enfants s'en donnaient à cœur joie, peu soucieux de préserver leurs jolis uniformes. Il se dit que Cole devait rarement participer à ces jeux de récréation. C'était bien dommage. L'enfant avait désespérément besoin de se défouler, il avait besoin d'une vie sociale. Ces déchaînements bizarres et paranoïaques en classe révélaient un sérieux problème. Cependant, ce n'était pas la première fois que Malcolm se trouvait confronté à de telles manifestations.

Il est temps de faire un peu baisser la pression.

« Tu aimes la magie ? » demanda-t-il.

Cole ne se donna même pas la peine de répondre.

Mais Malcolm continua malgré tout. Il sortit un penny de sa poche et le posa dans sa main droite. « Observe attentivement cette pièce de monnaie. »

Il referma la main autour de la pièce et ferma également le poing gauche. Puis il agita les deux mains audessus de sa tête en un mouvement circulaire. « Je fais le geste magique et, hop ! le penny a voyagé magiquement dans ma main gauche. »

Malcolm garda sa main en l'air, les doigts toujours serrés. « Mais ce n'est pas la fin du tour. Un autre geste magique et le penny va passer dans la poche de ma chemise. »

Il tendit les bras, puis frappa légèrement sa poitrine, sans cependant ouvrir les mains. « Mais ce n'est *toujours* pas terminé. Encore un dernier geste magique et hop ! le penny revient à l'endroit d'où il était parti. »

Il montra sa main droite et déplia les doigts, révélant le penny — qui n'avait pas bougé.

« Ce n'est pas de la magie, jeta Cole.

— Quoi ? répondit Malcolm en feignant la surprise.

— Tu as gardé la pièce dans cette main-là tout le temps.

— Qui moi ? »

Cole le foudroya du regard. « Je ne savais pas que tu étais drôle à ce point-là », commenta-t-il, sec et sarcastique.

Malcolm avait l'impression que chaque pas qui le rapprochait de sa maison résonnait douloureusement dans sa tête. S'il s'était agi de n'importe quel gamin, il aurait été tout près d'un diagnostic : probablement anxiété aiguë. Il aurait assuré aux parents que le cas était soignable et ils n'auraient certainement pas eu à payer de gros honoraires à Malcolm. Lui leur aurait recommandé le meilleur des thérapeutes de l'hôpital local, dont il avait personnellement formé la plupart des praticiens. Entre-temps, on aurait surveillé l'apparition de symptômes d'une éventuelle schizophrénie paranoïaque (toujours de loin) et on aurait adressé le patient à un psychiatre pour un traitement si le besoin s'en faisait sentir. Un autre cas traité avec succès pour le Dr. Malcolm Crowe, le fils de Philadelphie, l'homme qui connaissait toutes les réponses.

C'était le traitement indiqué dans les livres. C'était le traitement indiqué par le sens commun. En toute logique, il devrait suivre les précédents.

Et il savait que, s'il agissait ainsi, Cole serait lancé

sur une voie semblable à celle qui avait fini par conduire Vincent au 47 Locus Street.

Car, dans ce cas, l'expérience et la logique s'avéraient hors cadre. Pour la première fois de sa carrière, Malcolm se sentait perdu.

Il gravit les marches du porche d'un pas lourd et entra dans la maison. Il tendit la main vers la pile de courrier qui avait encore grossi sur la table, mais interrompit son geste en s'entendant appeler du salon. « Malcolm, amène donc ton joli petit cul par ici, assieds-toi et écoute bien ! »

C'était la voix de Janice Robertson. La meilleure amie d'Anna. Que diable faisait-elle à Philadelphie, alors qu'elle vivait à San Francisco, maintenant ?

Malcolm jeta un coup d'œil dans la pièce, Janice le fixait, dans sa robe de demoiselle d'honneur... depuis l'écran de télévision. Anna visionnait la cassette vidéo de leur mariage. L'image était plus granuleuse, sautillante et mal cadrée que dans sa mémoire. Mais peu importait, les souvenirs investissaient son esprit dans leurs moindres détails.

Anna avait laissé la couverture sur le dossier du divan, et la télécommande sur le bras du siège. Mais le divan lui-même était vide.

Sur l'écran, Janice se tenait debout devant la tente où avait lieu la réception, tenant maladroitement un micro — juste comme ça s'était produit des années auparavant. Dans sa robe pastel, elle semblait un peu plus jeune, un peu plus mince mais, à cause des traces du rimmel noir qui avait coulé avec ses larmes, il était difficile de bien distinguer ses traits.

Pendant qu'elle essayait de reprendre contenance pour prononcer son discours, on voyait en arrière-plan les invités tournoyer sur la piste de danse. « Anna est comme ma sœur, commença-t-elle d'une voix vibrante d'émotion. Elle éprouve un grand amour pour toi, Malcolm. Ne lui dis pas que je te l'ai répété, mais elle m'a confié qu'elle t'avait aimé au premier regard, le jour où elle t'a croisé dans la rue. Elle ferait n'importe quoi pour toi... Je vous adore tous les deux... »

Elle se mit à sangloter, essaya de ravaler ses larmes et se détourna de la caméra avec embarras. « J'ai le nez qui coule. Pourquoi est-ce que personne ne me donne un mouchoir ? »

Malcolm sourit.

La caméra tourna autour de Janice, fit un zoom vers la piste de danse et soudain, l'image de Malcolm et Anna remplit l'écran. Ils se balançaient doucement dans les bras l'un de l'autre, oubliant tout ce qui se passait autour d'eux.

Il se souvenait parfaitement de ce moment. L'air avait un goût particulier ce jour-là — frais et enivrant, comme si chaque inspiration allait à la fois nourrir et faire s'épanouir ses rêves les plus secrets. L'orchestre aurait pu jouer la plus discordante des musiques, mais ni Anna ni lui ne l'auraient remarqué. Ils communiquaient par la pensée, par des gestes et des sourires, de mystérieux regards voilés.

Elle ferait n'importe quoi pour toi. Janice avait raison. Au fil des années, depuis leur mariage, Anna l'avait mille fois prouvé.

Qu'est-ce qui s'était détraqué ?

Peut-être avait-elle trop donné sans recevoir ce dont *elle* avait besoin ? Peut-être Malcolm ne possédait tout simplement pas la même capacité d'aimer ? Dieu savait qu'elle résidait tout au fond de lui. Mais visiblement, il ne l'avait pas manifestée — ou même exprimée. À cause de ce travail qui consistait à démêler les émotions complexes des autres, il avait pris l'habitude de dissimuler les siennes. Au lieu de dire simplement « Je t'aime », il plaisantait.

Et maintenant, même s'il désirait ardemment dévoiler ses sentiments, apaiser la colère d'Anna, une ligne de démarcation avait été franchie. D'une manière ou d'une autre, il avait tout détruit. Son bureau relégué au sous-sol était un signe. Il avait peut-être laissé échapper le moment de saisir une seconde chance.

Pourquoi Anna avait-elle fait passer cette cassette — et pourquoi était-elle partie en plein milieu ? Peut-être, cherchait-elle un moyen de ranimer son amour pour lui ? Du moins c'est ce qu'il espérait.

Mais elle était peut-être seulement en train de se rappeler ce qu'elle avait perdu.

Malcolm monta dans la chambre. Il entendit le murmure de l'eau et entra dans la salle de bains.

Anna était en train de prendre une douche. Perdue dans son propre monde, elle ne remarqua pas sa présence. L'armoire à pharmacie était entrouverte et Malcolm découvrit un flacon qu'il ne connaissait pas, ouvert sur une étagère.

ANTIDÉPRESSEUR disait l'étiquette rouge. À PRENDRE DEUX FOIS PAR JOUR, lut Malcolm, le cœur serré.

Anna ne prenait *jamais* de médicaments, même pas d'aspirine.

C'était grave. Et elle ne lui en avait pas parlé alors qu'il était *psychologue*. Pourquoi, pour l'amour du ciel ?

Tout se délitait autour de lui — son travail, son mariage, sa vie.

L'homme qui possédait toutes les réponses ne comprenait plus rien.

9

« Et puis, tu fais le geste magique... »

Cole fit tournoyer ses poings dans l'air, serrant un penny au creux de sa main droite. Bobby O'Donnell le regardait faire d'un air ennuyé.

Ils étaient seuls tous les deux dans la salle à manger de Darren Winthrop. Les autres enfants s'étaient rués dans le salon pour jouer avec les cadeaux d'anniversaire de Darren. Des lambeaux de papier cadeau, des avions en balsa, et des pièces de Lego s'entrecroisaient dans l'air. Les enfants chahutaient autour de leurs parents qui discutaient ensemble, faisant mine de ne pas remarquer le chaos ambiant.

« Et maintenant..., continua Cole avec un sourire. Le penny quitte ma poche... pour revenir jusqu'à la main d'où il est parti. »

Il laissa tomber ses deux mains sur la table et desserra les poings, révélant le penny.

« C'est complètement idiot », commenta Bobby.

Le sourire de Cole s'évanouit. « C'est censé être drôle.

— C'est stupide. Je veux récupérer ma pièce. »

Déçu, Cole poussa le penny à travers la table. Bobby le reprit, glissa de son siège et se dirigea vers la cuisine.

Désœuvré, Cole se dirigea vers l'escalier en spirale recouvert de moquette. Comme chaque chose dans la maison des Winthrop, il était surdimensionné, somptueux et immaculé. Les Winthrop étaient de nouveaux riches, par opposition aux anciens riches — du moins c'est ce qu'avait prétendu Tommy. Cole ne connaissait pas la différence, mais ça avait l'air signifier quelque chose pour Tommy.

Maman était heureuse de l'invitation de Darren. Elle pensait que ça voulait dire que Darren l'aimait bien. Cole l'espérait aussi, Darren n'était pas si méchant dans le fond. C'est vrai qu'il avait prétendu que son père lui avait demandé d'inviter Cole — mais maman avait dit qu'elle ignorait tout de cette histoire ; Darren avait sans doute menti pour frimer devant les autres.

Pour l'instant, maman parlait avec Mme Winthrop. Du salon, leurs paroles parvenaient jusqu'à lui.

« On ne l'invite pas très souvent, disait maman.

— C'est un plaisir, répondit Mme Winthrop.

— La dernière fois, c'était à une fête dans un fast-food, il y a quelques années. Il s'est caché dans un de ces tunnels violets et il n'en est pas ressorti.

— Dans un fast-food ?

— Oui, vous savez un de ces endroits où on peut organiser les anniversaires. »

Cole se demandait quel effet ça pouvait faire d'être riche. On devait sans doute devoir faire des choses franchement ennuyeuses et dégoûtantes. La famille de Darren sortait probablement dans des restaurants au nom français pour y manger des escargots et des grenouilles, comme dans les films. Il lui faudrait demander un de ces jours.

Un ballon rouge passa devant Cole en flottant et poursuivit son vol vers le hall d'entrée, tourbillonnant lentement dans un courant d'air, puis il décrivit une courbe paresseuse avant de s'élever dans la cage d'escalier. Cole sourit, il aurait aimé pouvoir faire la même chose, juste partir au loin en flottant dans l'air.

L'escalier desservait trois étages et, tout en haut, un lustre de cristal créait de jolis jeux de lumière sur les murs. Fasciné par le ballet du ballon dans les reflets, Cole commença à gravir les marches.

Il entendait les voix de Darren et de Tommy qui se tenaient au pied de l'escalier. Comme d'habitude, Tommy pérorait à propos de ses films de pub. « J'ai même une caravane pour moi tout seul, disait-il.

— Pourquoi faire ? voulut savoir Darren. Tu n'as qu'une seule réplique.

— Tu sais que t'es lourd ? répliqua Tommy. La vedette d'une pub a toujours sa propre caravane. Tu vois, on a besoin de solitude pour se concentrer sur son rôle. »

Mais Cole ne faisait pas trop attention à eux. Au premier étage, une porte en fer forgé délicatement ouvragée était ouverte. Derrière, on voyait une petite porte de placard noire.

Tout à coup Cole eut froid, très froid. Il savait qu'il n'était plus seul.

« Ouvrez-moi la porte s'il vous plaît », chuchota une voix qui venait de l'intérieur.

Oh, non, songea Cole. Pas ici.

Boum ! Boum ! Boum ! Boum ! « Je n'arrive pas à respirer là-dedans ! Ouvrez la porte, je n'ai pas volé le cheval du maître. OUVRE LA PORTE OU JE LA DÉFONCE ET JE TE TOMBE DESSUS ! »

Cole recula d'un bond. Le battant était en train de se déformer vers l'extérieur.

« Hé ! Qu'est-ce qui se passe par là ? »

Cole se retourna en sursautant. Darren et Tommy montaient vers lui.

« Bon anniversaire, Darren, couina Cole.

— Tu cherchais quelque chose là-dedans ? voulut savoir Tommy en désignant le placard.

— Non, balbutia Cole.

— On va faire un jeu, continua Tommy d'un ton neutre. Ça te dit ?

— Si vous voulez..., répondit Cole, peu convaincu.

— Ça s'appelle Prisonnier du Donjon, expliqua Tommy.

— Ouais ! Et c'est toi qui vas faire le prisonnier du donjon », s'empressa d'ajouter Darren.

Cole n'eut pas le temps de réagir. Les deux garçons l'avaient déjà empoigné par les bras et repoussé en arrière. Darren saisit la poignée et ouvrit la porte.

« Arrêtez ! » hurla Cole.

Il rua et se débattit, mais les deux autres le précipitèrent dans le cagibi obscur avant de refermer la porte à la volée.

Lynn fut la première à entendre. Un hurlement qui, semble-t-il, n'était parvenu qu'à ses propres oreilles. Autour d'elle, les autres mères continuaient à bavarder comme si de rien n'était. Mais malgré le bruit et la musique Lynn avait compris. Il se passait quelque chose d'anormal.

En quelques dixièmes de seconde, elle atteignit le palier du premier étage. Darren et Tommy se tenaient sur une marche, aussi immobiles que des mannequins de cire ; elle passa en trombe devant eux et agrippa la poignée du réduit. « Cole ! COLE !

— ARRÊTE ! hurlait-il. LAISSE-MOI TRANQUILLE ! N-O-O-ON ! »

La porte ne bougeait pas. Lynn tirait de toutes ses forces sur la poignée. Elle sentait à travers le bois les vibrations des coups — sauvages, brutaux. « CO-O-O-OLE ! »

Lynn laissa retomber ses bras, anéantie par la panique. Les autres convives s'étaient rassemblés quelques marches plus bas et observaient la scène en silence. Aucun ne montait pour l'aider. Pas un seul. Ils étaient en train de le laisser mourir, elle n'arrivait pas à ouvrir ce placard et personne ne levait le petit doigt.

On entendit un ultime bruit sourd qui résonna de manière écœurante et Cole cessa tout à coup de hurler.

Lynn s'agrippa de nouveau à la porte et tira de toutes ses forces.

Cette fois, le battant céda avec facilité. Cole s'effondra dans ses bras, inerte. Son cou et ses bras étaient couverts d'égratignures. Elle le transporta en bas de l'escalier, passant à travers le groupe ébahi, toujours sans réaction.

Dans le placard ouvert, il n'y avait que deux vieux coffres.

Rien d'autre.

10

Malcolm était assis à la réception de l'hôpital de pédiatrie, il se sentait tendu. Ici, les sièges étaient plus petits que la normale et la table jonchée de figurines, de poupées, de bizarres jeux géométriques et de nombreux magazines aux pages cornées.

De l'autre côté de la table, Lynn était tassée sur une chaise, l'air désespéré. Malcolm compatissait. Alors que la maison était pleine d'invités, personne ne l'avait accompagnée à l'hôpital. S'il n'était pas venu la rejoindre, elle serait restée toute seule.

Démarche alerte et regard vainqueur, le Dr. Hill, le jeune médecin résident qui s'était chargé de Cole, déboucha d'un couloir. Il prit un siège et se mit à feuilleter un dossier contenu dans une chemise de papier bulle.

« Comment va mon fils ? demanda Lynn avec anxiété.

— D'après les examens, il ne s'agit pas d'une crise nerveuse, répondit le Dr. Hill. En fait, il va plutôt bien. Après un peu de repos, il pourra rentrer à la maison cette nuit. »

Lynn ferma les yeux et exhala un long soupir de soulagement.

Mais le ton mesuré et l'expression peu encourageante du Dr. Hill ne disaient rien qui vaille. Il observait Lynn d'un air calme, mais il semblait l'évaluer.

Malcolm repéra une jeune femme qui se tenait dans l'embrasure d'une porte, un bloc-notes à la main et un sourire professionnel plaqué sur le visage. « Ce n'est pas fini », souffla-t-il à Lynn.

Elle rouvrit les yeux. Elle croisa le regard du Dr. Hill et se redressa sur son siège. Il avait visiblement autre chose à lui dire. « Que se passe-t-il ?

— J'ai remarqué des égratignures et des contusions inquiétantes sur le corps de votre fils, déclara le médecin.

— Oh, bon sang..., grommela Malcolm. Pas ça.

— Il attrape ça en jouant ou quand il fait du sport, j'imagine, expliqua Lynn. Il a quelques difficultés de coordination, mais je ne veux pas l'empêcher d'essayer... Vous voyez ce que je veux dire, n'est-ce pas ?

— Mme Sloan est notre assistante sociale, indiqua le Dr. Hill. Elle va vous poser quelques questions de routine. » L'expression de Lynn s'assombrit. Elle se leva lentement. « Vous croyez que j'ai fait du mal à mon enfant ? *Vous pensez que je suis une mauvaise mère ?*

— Ce n'est qu'une simple question de routine, répéta le Dr. Hill d'un voix neutre. Vous devriez vous calmer. »

Malcolm se leva également. Les plus jeunes, fraîchement émoulus de la Faculté, étaient les plus dénués d'humanité. Ils étaient capables de vous broyer le cœur et d'attendre en plus vos remerciements. « À quelle réaction vous attendiez-vous ? demanda-t-il.

— Vous voulez que je réponde à vos questions ? demanda Lynn, mâchoires contractées.

— Je suis navré de ne pas m'être montré assez précis, répondit le médecin. En effet, j'aimerais que vous répondiez à nos questions.

— D'accord. Mais qui va répondre aux miennes ? continua Lynn. Qu'est-ce qui est arrivé à mon fils aujourd'hui ? Quelque chose lui est arrivé — il a été physiquement atteint. *Il y a eu quelque chose de grave !* »

Le Dr. Hill referma son dossier d'un coup sec, fit un geste en direction de Mme Sloan et quitta la pièce.

Cole ne leva pas les yeux quand Malcolm entra dans sa chambre d'hôpital. L'enfant était couché en chien de fusil, la tête sur deux oreillers d'hôpital, ses mains serrées autour d'une couverture rose délavé qu'il avait remontée jusqu'à son visage comme pour se protéger. Il regardait par la fenêtre de sa chambre d'un air apathique, fixant une conduite d'air qui débouchait dans l'autre aile du bâtiment.

Il n'avait jamais paru aussi petit et vulnérable. Malcolm s'installa au pied du lit, avec le besoin désespéré de faire en sorte que tout aille mieux.

Un des pieds de Cole dépassait de la couverture, revêtu d'une chaussette d'homme trop grande qui retombait en plis, tel un sac vide.

Malcolm se souvint alors que le père n'avait pas été mis au courant de l'incident. Ni Lynn, occupée à répondre aux questions de l'assistante sociale, ni lui, venu apporter son aide, tout en mettant au point sa propre stratégie, n'avaient eu le loisir de le prévenir. Pourtant, le père représentait un facteur important dans ce cas. Malcolm se demandait comment Ken Sear aurait réagi devant le comportement de son fils, maintenant qu'il grandissait. Le rapport ne parlait guère du père, hormis pour dire qu'il manquait à l'enfant, mais pas à la mère.

« Est-ce que ton papa te racontait des histoires pour t'endormir ? » demanda Malcolm.

« Oui », répondit Cole d'une voix distante et sans relief.

Voilà qui contribuerait peut-être à le calmer, à rendre son séjour à l'hôpital plus chaleureux. Rapidement, Malcolm improvisa le début d'une histoire simple et se mit à raconter : « Il était une fois, un prince, qui faisait un voyage en voiture. Ils roulèrent très, très longtemps. Ils roulèrent encore, et encore... sur des kilomètres et des kilomètres. Et alors, le prince s'endormit et lorsqu'il se réveilla, il s'aperçut qu'ils roulaient toujours. C'était un très long voyage...

— Dr. Crowe ? l'interrompit Cole.

— Oui ?

— C'est la première fois que vous racontez une histoire pour aller au lit.

— Oui, avoua Malcolm en rougissant.

— Il faut ajouter des rebondissements et des trucs. Ils pourraient tomber en panne d'essence, par exemple.

— Une panne d'essence. Hé, mais c'est une bonne idée ! »

Malcolm hocha la tête. Des rebondissements. Le père devait être un bon conteur d'histoires. C'était peut-être de lui que Cole tenait son imagination fertile. Bon d'accord, la voiture n'avait plus d'essence, mais ensuite ?

« Racontez-moi l'histoire qui dit pourquoi vous êtes triste », demanda Cole.

Malcolm eut l'impression que son cerveau se figeait. « Qu'est-ce qui te fait penser que je suis triste ?

— C'est vos yeux qui me l'ont dit.

— Je ne suis pas censé parler de ce genre de choses. »

À mesure qu'ils prononçait ces paroles, Malcolm se rendait compte à quel point elles paraissaient stupides. C'était une réponse standard — tous les livres disaient que les psychothérapeutes étaient censés séparer leur vie privée de leurs relations professionnelles.

Mais si Malcolm voulait arriver à quelque chose, il lui fallait prendre des risques. Il s'était déjà beaucoup impliqué avec Cole, s'était inséré dans tous les aspects de sa vie personnelle. Leurs rapports avaient largement dépassé les limites d'une relation clinique classique. Cole était un enfant curieux. Pourquoi ne pas lui faire savoir qui était réellement Malcolm Crowe et lui laisser voir l'être humain derrière le soi-disant expert ?

Tête penchée, le petit garçon attendait la réponse.

Malcolm détourna le regard, revivant en esprit les événements de l'année précédente. « Il était une fois un homme nommé Malcolm, commença-t-il. Il travaillait avec les enfants et il aimait ça plus que tout autre chose. Puis, une nuit, il découvrit qu'il s'était trompé avec l'un d'entre eux. Celui-là, il ne l'avait pas du tout aidé. Il y pensait tout le temps et ne parvenait pas à l'oublier. »

Une fenêtre brisée. C'est ainsi que tout avait commencé. Une fenêtre brisée et un jeune homme brisé. Et puis après... quoi ? Un mariage brisé. Deux existences brisées. Et un sillage de pièces détachées à ramasser.

« Depuis ce temps-là, continua Malcolm, les choses n'ont plus été pareilles. Tout était gâché, il est devenu coléreux, il ne comprenait plus rien. Il était bien différent de ce qu'il avait été. Sa femme n'aimait pas la personne qu'il était devenu. Ils se parlaient à peine. Ils étaient comme des étrangers l'un pour l'autre. »

Malcolm sentit ses yeux se mouiller. Une autre règle transgressée. Ne jamais dévoiler sa souffrance au patient.

Il se tourna et rencontra le regard fasciné de Cole. « Et puis, un beau jour, ce Malcolm a rencontré un garçon merveilleux qui lui rappelait beaucoup le premier. Qui le lui rappelait énormément. Malcolm décida d'essayer d'aider le nouveau garçon. Il pensait que peut-être s'il pouvait aider ce nouveau garçon, ce serait comme s'il avait pu soulager le premier. »

Malcolm se tut. Voilà c'était fini. Toute l'histoire tenait en quelques mots.

La balle était maintenant dans le camp de Cole.

« Comment se termine l'histoire ? demanda l'enfant.

— Je ne sais pas », répondit Malcolm.

Ses paroles furent suivies d'un long silence qui s'étira.

« Je veux te dire mon secret, maintenant », chuchota Cole.

Malcolm fut brusquement tiré de ses brumeuses réflexions. Les événements prenaient une tournure à laquelle il ne s'attendait pas. « D'accord. »

Cole ne parla pas immédiatement. Son visage était couleur de cendre. « Je vois des gens, dit-il dans un murmure à peine audible. Je vois des morts. Et ils me font peur. »

Je vois des morts...

« Tu les vois dans tes rêves ? » voulut savoir Malcolm.

Cole fit non de la tête.

« Ça se passe quand tu es réveillé ? »

Cole acquiesça.

« Des morts comme ceux qui sont dans les tombes et les cercueils ?

— Non. Ils marchent comme des gens normaux. Ils ne peuvent pas se voir entre eux. Ils ne voient que ce qu'ils veulent voir. Ils ne savent pas qu'ils sont morts.

— Ils ne savent pas qu'ils sont morts ?

— Je vois des fantômes. Ils me racontent des histoires — des choses qui leur sont arrivées. Les choses qui sont arrivées aux gens qu'ils connaissent. Ils veulent toujours que je fasse des choses. »

La bouche de Malcolm se dessécha brusquement.

Des hallucinations. Des voix. Ils sortaient des sentiers battus. C'était différent du cas Vincent Gray. Vincent n'avait jamais parlé de fantômes.

« Et tu les vois souvent ? demanda Malcolm, en essayant de faire preuve d'un calme professionnel.

— Tout le temps. Ils sont *partout.* »

Malcolm devait maintenant tendre l'oreille pour entendre Cole. « Tu ne parleras de mon secret à personne, d'accord ?

— C'est promis, assura Malcolm.

— Tu vas rester avec moi jusqu'à ce que je dorme ? »

Malcolm lui fit un signe de tête. Immobile, il regarda Cole remonter sa couverture et se coucher sur le côté.

À ce moment précis, lui non plus n'avait pas envie d'être seul.

L'enfant s'endormit rapidement et Malcolm le quitta peu après. Il traversa rapidement les couloirs inondés de néon de l'hôpital et demeura silencieux jusqu'à ce qu'il se retrouve dans la rue.

Au coin de l'immeuble, il sortit de sa poche son magnétophone miniature et le pressa contre sa bouche.

« Cole, commença-t-il à mi-voix. Sa pathologie est plus sévère que ne laissait prévoir la précédente estimation. Il souffre d'hallucinations visuelles, de paranoïa — symptômes d'une schizophrénie juvénile. Un traitement médical et une hospitalisation peuvent se révéler nécessaires. »

Il éteignit l'appareil et le glissa dans sa poche. Puis il murmura enfin les mots qu'il n'avait pas osé enregistrer :

« Je n'ai pas pu l'aider. »

11

Lynn repoussa la porte de la hanche, elle portait son fils comme lorsqu'il était petit. Calée par son propre sweat-shirt rouge, la tête de Cole reposait sur l'épaule de sa mère. L'exercice était un peu plus difficile maintenant, mais elle l'accomplissait toujours avec une grâce preste. Elle se faufila habilement dans l'entrée et fonça directement vers la chambre du petit.

Dieu merci, Mme Sloan ne s'était pas montrée trop dure. Elle aussi était une mère et elle avait été sensible à la souffrance de Lynn. Avant la fin de l'entretien, toutes deux étaient en larmes.

Lynn avait espéré pouvoir emmener Cole loin de l'environnement stérile de l'hôpital assez tôt pour qu'il puisse s'endormir dans son propre lit. Mais, il lui avait fallu du temps pour se débarrasser de toutes les formalités administratives et il était déjà profondément endormi lorsqu'elle l'avait retrouvé dans sa chambre.

Pas de problème, il se réveillerait le lendemain à la maison, avec maman et ses biscuits. Les murs de l'hôpital auraient disparu. Il n'aurait pas non plus à affronter ces horribles gamins dans leurs affreuses maisons.

Sebastian ronflait déjà sur le couvre-lit, qu'il avait réchauffé pour Cole comme une petite bouillotte vivante. Lynn allongea son fils avec douceur auprès du petit chien et lui posa la tête sur l'oreiller.

Ensuite, elle plia soigneusement le sweat-shirt rouge. Ce faisant, elle toucha du doigt un trou de mite qu'elle n'avait pas remarqué jusque-là. Étrange, le vêtement était neuf.

En l'exposant à la lumière de la lampe, elle put voir qu'il ne s'agissait pas d'un trou de mite, mais d'une déchirure. En réalité, il y en avait trois, parallèles les unes aux autres, comme si le vêtement avait été violemment arraché du cou de Cole par des doigts particulièrement puissants.

Que diable lui était-il arrivé dans cet escalier ?

En observant le dos du tee-shirt de Cole, elle remarqua trois déchirures qui correspondaient exactement aux trous dans le sweat-shirt.

Sous le tee-shirt, la peau de l'enfant portait trois longues et profondes égratignures qui marquaient son omoplate gauche en diagonale.

Des traces de griffures. À travers toutes ces épaisseurs de tissu !

Pour qu'un enfant laisse de telles balafres, il lui fallait une dose de haine et de perversité hors du commun. Était-ce donc pour ça qu'ils avaient invité son enfant à cette fête ? Pour le brutaliser et l'enfermer dans un placard ? Pour envoyer à l'hôpital le gamin qui ne faisait pas partie de leur monde ? Est-ce qu'ils avaient besoin de ça pour se valoriser ?

Elle ne se tuait pas à assurer deux emplois, et à ne dormir que cinq heures par nuit, pour envoyer son fils dans une école où il servait de tête de Turc à de jeunes voyous riches et trop gâtés.

Prenant soin de ne pas réveiller Cole, elle ôta le tee-shirt déchiré. Les estafilades avaient été soignées à l'hôpital, mais le pansement était tombé. Lynn en ramena un autre de la salle de bains, le mit en place puis tira les couvertures sur son fils.

Ensuite, elle se précipita dans sa chambre et composa le numéro de téléphone des Winthrop. À cette heure, elle était sûre de réveiller quelqu'un, mais elle s'en fichait éperdument.

« Allô, fit une voix ensommeillée.

— Bonsoir, ici Lynn Sear, la mère de Cole. Je me demandais si nous pouvions discuter de votre fils et de ses fichus petits copains afin qu'à l'avenir ils ne touchent plus à mon fils ? »

Cole ouvrit les yeux. Il était à la maison. Maman était venue et l'avait ramené.

C'était une bonne chose car il avait envie d'aller aux toilettes. Il s'était retenu jusqu'à présent parce qu'il détestait les toilettes de l'hôpital. D'ailleurs, il détestait l'hôpital tout court. Là-bas, il n'avait aucun moyen de *les* fuir. Ils étaient partout. Il les avait vus quand il regardait par la fenêtre, ils rentraient par la bouche d'air pour aller se balader dans les couloirs.

Heureusement que le Dr. Crowe était venu le voir, sinon il n'aurait peut-être pas pu s'endormir.

Il sauta du lit et alla ouvrir la porte. Par mesure de précaution, il vérifia rapidement le couloir.

Puis, sur la pointe des pieds, il se rendit aux toilettes et fit ce qu'il était venu faire.

Quel soulagement !

Au moment où Cole tendait la main pour tirer la chasse, il perçut un mouvement.

C'était derrière lui, dans le couloir.

Il se retourna lentement. Il faisait très froid et il sentit la chair de poule hérisser les poils de ses bras et ses cheveux. Il se pencha par l'embrasure de la porte, examinant le corridor, il pouvait voir sa respiration. C'était un signe incontestable.

Il contempla la tente rouge dressée dans sa chambre. Dedans, il y avait Jésus, Marie et tous les saints qui venaient de l'église. Avec eux, il était en sécurité, ils le protégeaient des morts.

À sa gauche, un rayon de lumière oblique venant de la cuisine rayait le tapis. Il entendit le bruit de l'huile qui grésillait dans la poêle à frire et quelqu'un qui découpait des légumes.

Maman — à cette heure ?

Il lui était arrivé d'avoir des insomnies ces derniers temps. Ils avaient ça en commun. Parfois, ils s'installaient ensemble à la cuisine pour prendre une tasse de chocolat chaud.

Cole se glissa jusqu'à la cuisine et jeta un œil à l'intérieur.

Elle lui tournait le dos. Elle portait une robe de chambre et était penchée sur la cuisinière. Tous les tiroirs et les placards de la cuisine étaient ouverts.

« Maman ? Tu as encore rêvé de Papa ? »

Elle se raidit.

« LE DÎNER N'EST PAS ENCORE PRÊT ! »

Elle se retourna et Cole recula. Ce n'était sûrement pas maman.

Elle posa sur lui ses yeux luisants, injectés de sang. L'un d'eux était souligné de bleu et noir. Le visage était hideux, vieux, laid et couvert d'égratignures. C'était la dame qui ouvrait tous les placards et les tiroirs, celle qui était venue le voir le matin où maman avait trouvé une tache sur sa cravate.

« *Qu'est-ce que tu vas faire maintenant ?* » demanda-t-elle d'une voix dure et sarcastique.

Le cœur de Cole battait sauvagement, il recula dans le couloir.

« TU NE PEUX PLUS ME FAIRE DE MAL, MAINTENANT ! »

Avec un sourire dément, elle projeta ses bras en avant, paumes en l'air.

Ses poignets avaient été ouverts avec un couteau.

Cole trébucha et manqua de tomber en fuyant la cuisine. La tente. Il fallait qu'il aille dans sa tente.

Il se précipita dans sa chambre et plongea sous la toile. Il tremblait de la tête aux pieds. Il referma soigneusement le rabat, puis saisit une lampe de poche posée par terre et l'alluma.

Le reflet des draps teintait la lumière de rouge. À côté de lui, soigneusement alignées sur une étagère de bois, ses figurines lui souriaient. Tout va bien, semblaient-elles assurer.

« *De profundis clamo ad te Domine...* », commença à murmurer Cole.

12

« Attention, les enfants, on a baissé les lumières de la salle..., chuchota M. Cunningham d'une voix excitée. Nous avons beaucoup de monde, ce soir. Ne soyez pas nerveux. Ça y est, il y a le noir dans la salle... et *rideau !* »

Stacey Stratmeyer commença à tirer le rideau. Cole jeta un œil par les trous de son déguisement de singe en carton. Les lumières de la scène éclairaient vaguement les sièges de l'auditorium de St. Anthony — plongé dans l'obscurité — et se reflétaient sur une armée d'objectifs de caméscopes.

Il vit maman et le Dr. Crowe qui applaudissaient et souriaient avec fierté devant la bannière drapée au-dessus de la scène. LES CLASSES DE CE2 ET DE CM1 PRÉSENTENT LE LIVRE DE LA JUNGLE DE RUYARD KIPLING.

« Merde, les enfants, comme on dit au théâtre ! » s'écria M. Cunningham avant de pousser Tommy Tammisimo en avant.

Tommy entra en scène avec une expression pleine de suffisance, agrémentée d'un large sourire prétentieux. « Il était une fois, un garçon très différent des autres, commença-t-il avec un accent anglais surfait. Il vivait dans la jungle et pouvait parler aux animaux ! »

C'était la réplique qui marquait l'entrée de Cole. Il entra à croupetons dans la lumière, se déplaçant comme un crabe, accompagné de tous les autres garçons qui jouaient les arbres, les villageois, les girafes, les tigres et les éléphants.

Il n'avait qu'un petit rôle, mais il savait que son interprétation était la meilleure.

Après la pièce, après les baisers de maman — qui lui avait assuré qu'il était un acteur merveilleux avant de filer à son travail —, Cole mit un temps infini à partir. Il aimait se retrouver sur scène au cœur de la lumière et de l'énergie positive. C'était un peu comme être dans la tente ou à l'église. Il se sentait en sécurité. Il avait hâte d'être déjà à la représentation du *Jeune Roi Arthur*, la prochaine production du club de théâtre. Peut-être lui donnerait-on un rôle plus important cette fois. Il aurait souhaité que M. Cunningham le choisisse pour interpréter Galahad ou Lionel, ou même Mordred — mais après le scandale de l'autre jour en classe, il serait plus sûrement quelque chose comme un dragon ou un cheval. Ou la pierre qui retenait l'épée. Tommy apprécierait sans doute.

Le Dr. Crowe le rejoignit à l'entrée des artistes et l'accompagna pour traverser l'école. Il n'y avait plus personne et le bruit de leurs pas résonnait sur le carrelage, éveillant des échos qui remplissaient les couloirs déserts.

« Est-ce que tu as trouvé que la pièce était nulle ? demanda Cole.

— Quoi ?

— Tommy Tammisimo joue dans une pub pour un sirop contre la toux. Il pense que nous avons tous la grosse tête et que nous jouons complètement faux. C'est lui qui a dit que la pièce était nulle.

— Je sais que tous les enfants ont leur propre manière de réagir, mais Tommy m'a tout l'air d'être un fameux crétin, répondit le Dr. Crowe. J'ai trouvé cette pièce excellente. Meilleure que *Cats*.

— Cats ?

— Laisse tomber. »

Peu importe. Cole ne pouvait s'empêcher de sourire. C'était bien d'être avec le Dr. Crowe.

Ils tournèrent à gauche et continuèrent à marcher en silence vers la petite porte de sortie, près du gymnase.

« Cole, ce que tu m'as dit l'autre fois à l'hôpital m'a beaucoup intéressé. J'aimerais en savoir plus. »

Cole dut réfléchir un moment.

Les fantômes — ils avaient commencé à parler des fantômes. Pourquoi le Dr. Crowe tenait-il à en discuter *maintenant* ?

D'ailleurs, il ne savait pas très bien ce qu'il pouvait dire de plus sur le sujet. Il devait faire très attention.

Au moment où ils s'engageaient dans un étroit escalier, Cole frissonna.

Il y en avait par là.

Il s'arrêta net et demeura immobile. Il entendit le grincement des cordes et comprit.

Ils les avait déjà vus, au même endroit. Juste au-dessus de cet escalier, il y avait la chambre. C'était l'endroit où on punissait les gens.

Trop tard, il souhaita que le Dr. Crowe et lui soient passés par la porte de devant et non pas par là.

« Qu'est-ce qui ne va pas ? » demanda le Dr. Crowe.

Cole essaya bien de ne pas regarder, mais ce n'était pas possible. Ils étaient trois, une famille noire — l'homme, la femme et un garçon. Sans doute des esclaves évadés. Ils étaient pieds nus, leurs habits étaient en loques et ils pendaient à des cordes qui les avaient étranglés jusqu'à ce que mort s'ensuive. Et ils regardaient.

Cole se força à garder les yeux au sol pendant qu'il désignait les cadavres.

Le Dr. Crowe se retourna. « Il y a quelque chose par là ? Qu'est-ce que c'est ? Je ne vois rien.

— Ne bouge plus, dit Cole. Parfois on a l'impression de tomber très vite alors qu'on est debout sans bouger... Est-ce que ça t'est déjà arrivé que des choses te chatouillent dans la nuque ?

— Oui ?

— Et quand les petits poils de tes bras se dressent tout seuls.

— Oui ?

— Eh bien, c'est eux. Et quand ils se mettent en colère, il fait froid. »

Cole se raidissait de toutes ses forces. Pour chasser le froid. Et la sensation de chute. Et la peur.

Cole espérait que le Dr. Crowe serait différent — qu'il pourrait voir la même chose que lui.

Mais il était comme tous les autres. Il ne pouvait pas voir.

« Je ne vois rien », dit le Dr. Crowe qui scrutait pourtant anxieusement le plancher, le plafond et le couloir obscur.

Les trois corps pendaient lourdement, le cou brisé dans un angle impossible, leurs yeux grands ouverts regardant droit devant eux.

Les yeux. Oh, non pas les yeux.

« Fais-les partir, s'il te plaît », dit Cole.

Malcolm lui prit la main et jeta un dernier regard vers le haut de l'escalier. « J'y travaille. »

13

Lynn retira du feu une belle tranche de rôti de bœuf juteux. Elle avait profité des promotions pour faire provision de viande rouge. Cole paraissait pâle ces derniers jours, les protéines et le fer ne pourraient que lui faire du bien.

Pour l'heure, il était totalement fasciné par un dessin animé et remarqua à peine qu'elle lui avait servi son dîner. Mais ce n'était pas un problème. Au moins, il souriait et Lynn s'en trouvait ravie. Il était toujours plus facile de communiquer avec lui quand il était de bonne humeur.

Et il fallait qu'ils aient une conversation sérieuse tous les deux.

La température baissa brusquement dans la pièce et Lynn, qui s'apprêtait à aller chercher sa propre assiette sur la cuisinière, se détourna pour remonter le thermostat. « Ils peuvent dire ce qu'ils veulent, marmonna-t-elle. Ce truc est cassé. »

Une petite voix familière au timbre haut perché sortit de la télé : « Mamaaaaan, j'ai mal à la gorge ! »

Tommy Tammisimo. Et en couleurs. Vêtu d'un pyjama, il se tenait debout dans l'embrasure d'une porte de chambre à coucher. Encore. Ils avaient passé cette fichue pub toute la soirée. Cole et elle l'avaient déjà vue un million de fois.

Sur l'écran, les acteurs qui jouaient les super-parents échangèrent un coup d'œil entendu. Sans qu'une seule mèche de leurs cheveux ne dépasse, ils quittèrent leur lit, emmenèrent Tommy dans la salle de bains, lui administrèrent son sirop contre la toux... et maintenant, la musique sirupeuse... puis le sympathique slogan...

« Pedia-ease calme la toux, entonna une voix de basse. Doux, rapide, efficace. »

Miraculeux était un terme qui aurait sans doute mieux convenu. Fondu enchaîné sur M. et Mme Yuppie le lendemain matin, observant, par leur fenêtre transparente comme du cristal, un Tommy tout neuf gambader avec son chien. Il leur fit signe de la main d'un air radieux, ils lui répondirent de même...

Cole balança une chaussure sur le poste de télé. L'appareil oscilla en arrière, la fiche s'arracha de la prise et l'image disparut.

Lynn n'aimait pas qu'il lance des objets. La violence ne constituait pas une réponse valable aux problèmes. Mais cette fois, elle ne releva pas l'incident. Après tout, Tommy ne l'avait pas volé.

En revanche, elle s'inquiétait plus de voir Cole porter les gants de son père avec lesquels il essayait de boire son verre de lait. Son ex-mari avait été si pressé de partir qu'il n'avait pas eu la décence d'emporter toutes ses possessions et de lui épargner ainsi l'occasion d'éprouver d'amères réminiscences. Maintenant, Cole s'obstinait à porter ses affaires. « Enlève-les », ordonna-t-elle.

Docilement, Cole enleva les gants et les posa auprès de son verre.

« Je n'en veux pas sur ma table », insista sèchement Lynn.

Pendant que Cole posait les gants par terre, elle tira une chaise et s'installa en face de lui. Ils mangèrent en silence pendant un moment, Lynn en profita pour préparer ce qu'elle avait à lui dire. Dernièrement, il avait pris des choses dans sa chambre et il fallait que ça cesse.

Elle savait qu'il avait chipé des statuettes religieuses à l'église. Elle en avait parlé au père Manahan et il lui avait demandé avec tact si Cole volait dans les magasins. Quand Lynn l'eut rassuré à cet égard, il avait souri et lui avait conseillé de ne pas s'inquiéter. Cole était un brave garçon et il avait manifestement besoin du secours des saints. Quand il aurait grandi, sa conscience le pousserait à se confesser, et il rendrait les figurines. Bien sûr, à ce moment-là, l'église lui accorderait le pardon. Mais puisqu'il avait besoin de soutien pour l'instant, autant qu'il puisse le trouver dans l'église.

Mais maintenant il exploitait ses talents de kleptomane à la maison. Et ça, c'était franchement inadmissible.

« En faisant le ménage, j'ai vu cc qu'il y avait dans le tiroir de ton bureau », dit-elle, en essayant de ne pas prendre un ton trop accusateur.

Cole leva la tête. Il avait l'air ennuyé.

« Est-ce qu'il y a quelque chose que tu voudrais me confesser ? » demanda-t-elle.

Pas de réponse. Pas un mot.

« Le pendentif au bourdon, lui rappela-t-elle. Pourquoi est-ce que tu continues à le prendre ? »

Maintenant, il gardait la tête baissée, l'air aussi coupable qu'un renard surpris dans un poulailler. Elle avait horreur de le voir comme ça. Tout ce qu'elle désirait, c'était qu'il lui parle.

« C'était celui de grand-mère, tu sais. Et s'il s'abîme ? Tu sais à quel point ça me ferait de la peine. »

Le bijou était un des rares objets de valeur qui lui restait de sa propre mère. Même les souvenirs commençaient à s'estomper.

« Tu as pleuré parce que grand-mère te manque beaucoup.

— C'est exact, confirma Lynn en acquiesçant.

— Parfois, les gens pensent qu'ils perdent des choses, mais ils ne les ont pas réellement perdues. En fait, elles ont juste été déplacées. »

Lynn lui lança un regard interloqué. « Est-ce que c'est toi qui as déplacé le pendentif au bourdon ? »

Sans mot dire, Cole fit non de la tête.

Lynn essaya de garder son calme. Elle ne parvenait plus à le comprendre. Quand il était dans cet état, c'était comme s'il se trouvait sur une autre planète.

« Ne te fâche pas, demanda Cole.

— Alors, qui l'a déplacé cette fois ? voulut savoir Lynn. Peut-être que quelqu'un est entré dans notre maison, a pris le pendentif au bourdon dans mon armoire et l'a gentiment déposé dans ton tiroir ?

— Peut-être. »

Elle commençait à voir rouge. Elle avait envie de le prendre, de le renverser tête en bas et d'extirper cet étrange comportement de son âme. Mais, en le regardant dans les yeux, elle y lisait la souffrance, parvenait à la percevoir et comprenait bien que la colère n'était pas la réaction dont il avait besoin.

Cole n'était qu'un enfant. Il ne savait pas pourquoi il disait ou faisait les choses. Il ne savait pas pourquoi les autres enfants s'en prenaient à lui. Il était plongé dans la plus totale confusion. Lynn comprenait tout cela.

Mais elle aussi nageait en pleine confusion. Et elle lutta pour retenir les questions qui lui brûlaient les lèvres. Qui allait la comprendre, *elle* ? Qui regarderait dans ses yeux et saurait les choses justes à dire ou faire ? Elle n'avait pas besoin d'un thérapeute, elle n'avait pas besoin d'un traitement médical — qu'elle ne pourrait pas s'offrir de toute façon — mais juste d'un petit répit, et juste d'un indice pour comprendre ce qui se passait dans la jolie petite tête de son fils.

« Je suis si fatiguée, Cole, plaida-t-elle. Je suis fatiguée physiquement, je suis fatiguée mentalement, je suis fatiguée moralement. J'ai besoin d'aide. Je ne sais pas si tu l'as remarqué, mais notre petite famille ne va pas très bien en ce moment. Je prie pour nous, mais je ne dois sûrement pas prier de la bonne manière. On dirait bien que nous sommes les seuls à pouvoir exaucer les prières l'un de l'autre. »

Elle se pencha en avant et regarda droit dans les yeux sombres de Cole. « Maintenant, mon bébé, réponds-moi. Je te promets de ne pas me fâcher, chéri. Est-ce que c'est toi qui as pris le pendentif au bourdon ? »

Cole se raidit. « Non. »

Lynn se redressa et jeta sa serviette dans son assiette. Ça y était, sa patience était à bout. « Tu as assez mangé. Je pense qu'il est temps que tu quittes la table. »

Il avait de la peine. Il essayait de croiser son regard, pour trouver quoi ? Que cherchait-il ?

« *File !* » s'exclama-t-elle.

Cole repoussa sa chaise et quitta la pièce.

Cole détestait que maman se mette en colère de cette façon. Maintenant, elle était en train de pleurer dans la cuisine. Pourquoi accordait-elle autant d'importance à ce pendentif ? Pourquoi fallait-il qu'elle pose autant de questions ?

Il descendit le couloir à pas lents jusqu'à sa chambre, se demandant comment il aurait pu s'y prendre pour qu'elle ne se fâche pas. Il avait bien essayé de se taire. Ce n'était pas un péché de se taire. Mais elle l'avait forcé à parler, alors que pouvait-il faire d'autre ?

Il ne pouvait tout de même pas mentir — ça c'était un péché. Alors, il avait dit la vérité. Mais pas toute la vérité, là était le problème. Mais comment dire à maman qui avait réellement déplacé le pendentif ? Elle n'aurait pas pu le supporter. Il suffisait de voir comment elle avait réagi tout à l'heure quand il lui avait donné un indice.

La seule personne à qui il pouvait se confier était le Dr. Crowe. Avec lui c'était différent, bien sûr. Il était habitué à entendre les enfants lui raconter des choses étranges. C'était son métier. Et Cole était certain que le Dr. Crowe ne répéterait pas son secret.

Mais même le Dr. Crowe ne le croyait pas.

Cole n'était plus très loin de sa chambre quand il entendit grogner Sebastian. Un instant plus tard, le chiot se précipita hors de la chambre et courut se réfugier dans la cuisine.

Cole s'arrêta.

La porte de sa chambre s'entrebâilla lentement.

Une silhouette sombre se glissa hors de la chambre d'amis et s'avança dans le couloir. Elle se coula prestement dans la chambre de Cole avant qu'il ait pu clairement la distinguer.

« Viens voir », invita une voix.

Cole se figea sur place. Un jeune garçon de treize à quatorze ans se tenait à l'entrée de sa chambre. « Je vais te montrer où mon père cache son arme, proposa le garçon. Allez, viens ! »

Il fit demi-tour pour entrer dans la chambre et Cole put voir l'arrière de sa tête — ou plutôt son absence. Le crâne avait volé en éclats, ne laissant qu'un sombre cratère sanguinolent.

Cole fila comme un dard vers la cuisine. Ses pieds touchaient à peine le sol.

Maman était à genoux, essayant de persuader Sebastian de sortir du placard à balais. « Maman ? »

Elle se tourna vers lui avec un sursaut de surprise. D'un revers de main, elle essuya ses yeux humides et rougit. Elle n'aimait pas pleurer devant lui.

« Si tu n'es pas trop en colère, est-ce que je pourrais dormir avec toi ce soir ?

— Regarde-moi, Cole, dit-elle pendant qu'un sourire illuminait son visage gonflé par les larmes. Je ne suis pas très en colère. »

Cole jeta ses bras autour de la taille de Lynn et la tint serrée de toutes ses forces.

« Mais tu trembles, mon bébé. Raconte tout à maman. »

Non. Il ne pouvait rien lui dire. Et il ne pouvait pas non plus mentir.

« Qu'est-ce qui ne va pas, Cole ? S'il te plaît parle-moi, le pria-t-elle, en le berçant doucement. *S'il te plaît...* »

Elle avait recommencé à pleurer, mais Cole se contenta de se serrer contre elle pour profiter de sa chaleur, de son réconfort, jusqu'à ce que la peur commence à reculer.

14

Anna Crowe aimait recevoir dans sa boutique de jeunes couples fraîchement fiancés. Cela lui rappelait immanquablement les premiers jours de ses fiançailles avec Malcolm. Ils allaient tous les deux de boutique en boutique en chantonnant une petite ritournelle. *Je veux un ci et puis un autre, et trois de ça... à emporter, s'il vous plaît* - cette chansonnette n'avait pu naître que dans la tête de Malcolm. Naturellement, c'était une chanson secrète, destinée à eux seuls. À l'époque ils disposaient de plus de rêves que d'argent.

Le jeune couple d'aujourd'hui avait l'air intéressé par tout ce qui se trouvait à l'étalage. La jeune femme était d'une beauté stupéfiante avec ses cheveux aile de corbeau et sa complexion brune. Elle semblait riche, peut-être une fille d'altesse royale venue de l'étranger. Anna se trompait rarement — la coupe raffinée des vêtements, l'intonation cadencée, l'aisance à manipuler des objets de valeur étaient autant d'indices. L'homme avait des cheveux noirs ondulés et un regard sensible. Il semblait un peu plus intimidé — peut-être un étudiant en médecine ou un diplômé de lettres classiques. En tout cas, leur amour était manifeste et ne laissait aucun doute. Toute l'atmosphère de la boutique en était transformée. Le sentiment qui les unissait semblait les environner d'un impalpable halo protecteur.

C'était une sensation qu'Anna connaissait bien.

Et qui lui manquait profondément. Chaque jour elle éprouvait un amer regret d'avoir perdu ce lien intangible, car elle savait que ce sentiment ne vivait qu'une fois. Une fois qu'il avait disparu, il ne revenait plus. Et il avait *effectivement* disparu, malgré une lutte acharnée pour le ressusciter en regardant des vidéos ou en évoquant des souvenirs.

Le charmant Sean pensait qu'il était capable de faire renaître ce sortilège. Mais le jeune homme ne savait pas tout sur Malcolm, ni à quel point il imprégnait toujours son existence. Elle avait bien tenté de prendre des distances — le bureau de Malcolm avait échoué au sous-sol, elle laissait son courrier stagner sur la table de l'entrée — mais elle n'y arrivait pas. Pas encore. Pas totalement. D'une certaine manière, elle avait encore besoin de lui. Qu'importe ce que pouvait devenir sa vie à elle, une part de Malcolm l'accompagnerait toujours.

Néanmoins, elle goûtait cette sensation d'amour par procuration, à travers celui que partageaient ses visiteurs.

La jeune femme avait déjà remarqué une bague de fiançailles ancienne sertie d'un diamant qui, tôt ou tard, attirait l'attention, même si elle était exposée au fond de la boutique. La pierre, presque parfaite, brillait d'un feu inégalable.

« Elle date de l'époque edwardienne, la Belle Époque, expliqua Anna. Le travail est magnifique. Pur platine, serti d'un diamant brut et d'un vrai saphir birman. C'est un objet hors du temps. »

Le jeune homme s'efforça d'avoir un sourire dégagé. « Auriez-vous quelque chose de... plus simple ?

— *Plus simple ?* répéta sa fiancée avec un regard peu amène. Tu veux une bague ordinaire pour ta fiancée ordinaire, c'est bien ça ?

— Pas du tout ! C'est que... tu es si belle..., bredouilla-t-il alors que son cerveau tournait à plein régime. Tu es bien plus précieuse qu'un saphir birman. Tu n'as absolument pas besoin de tout ça.

— Mmmm... » répondit la jeune femme en levant un sourcil sceptique.

Anna déverrouilla le cabinet vitré et en sortit la bague. « Voulez-vous la regarder d'un peu plus près ? »

Elle posa la bague au creux des mains du couple, réunies en coupe. La fiancée en eut presque le souffle coupé. Le jeune homme grimaçait.

« Est-ce que vous percevez la nostalgie qui émane de ce bijou ? demanda Anna.

— Pardon ? répondit la jeune femme.

— Quand je touche cet objet, je ressens de la mélancolie, expliqua Anna. J'imagine que la femme à qui il appartenait aimait profondément un homme dont elle a dû se séparer. »

La jeune femme gratifia Anna d'un regard complice. « Est-ce qu'il aurait les cheveux ondulés et les yeux noisette ? »

Son futur mari parut soudain perplexe.

« Je ne sais pas... mais peut-être, dit Anna en entrant dans le jeu. Parmi les objets de cette boutique, beaucoup m'évoquent quelque chose. Je pense que peut-être quand les gens possèdent quelque chose et disparaissent, une part d'eux-mêmes y reste imprimée — un peu comme des empreintes digitales. »

Maintenant, les deux jeunes gens la contemplaient en silence, avec une certaine forme de révérence, comme si elle les guidait à la source des plus anciens secrets d'amour du monde.

Ils touchèrent tous les deux la bague du même geste lent, comme s'ils espéraient s'imprégner de son mystère.

Quelques minutes plus tard, Anna se rendit au fond de la boutique pour remplir le certificat de vente.

Sorti un peu plus tôt à la recherche de nouvelles pièces, Sean rentrait ses trouvailles par la porte latérale. Anna trouvait qu'il faisait preuve d'un remarquable dévouement professionnel pour quelqu'un qui fêtait son vingt-septième anniversaire le jour même. Elle avait apprécié à sa juste valeur le fait qu'il ne prenne pas un jour de repos à cette occasion, alors qu'elle le lui avait proposé. Le moins qu'elle pouvait faire était de lui offrir un petit quelque chose. Il aimait Scott Fitzgerald, et il s'avérait que le marchand de livres anciens de Broad Street possédait un exemplaire de *Gatsby le Magnifique*. Elle avait pu l'échanger contre une paire de chandeliers en bronze.

Elle avait déposé le livre enveloppé dans du papier cadeau sur le bureau de Sean.

« Vous n'avez pas besoin d'un maître en histoire de l'art, fit remarquer Sean en s'écroulant sur un gros banc en bois. Ce qu'il vous faudrait, c'est un lutteur avec le cou plus gros que la tête.

— En fait, j'ai besoin d'un lutteur avec une maîtrise.

— Qu'est-ce que c'est ? »

Anna leva la tête, abandonnant ses papiers. Sean venait de remarquer le paquet et l'examinait avec curiosité.

« Ça vient de vous ? » demanda-t-il.

Elle acquiesça.

« C'est une tenue de lutteur ? »

Il arracha l'emballage avec un grand sourire de gosse ravi, mais resta bouche bée en découvrant le contenu.

« C'est une première édition, expliqua Anna.

— C'est vraiment trop, Anna. Ça me fait infiniment plaisir. »

Il la souleva de son siège et la prit dans ses bras. Il faisait penser à un chiot heureux et turbulent ; s'il avait une queue, il en aurait sans doute balayé les papiers posés sur le bureau. Elle aimait bien Sean. C'était un garçon agréable et s'il se montrait parfois un peu trop enthousiaste ou un peu maladroit, ces particularités ne faisaient que le rendre plus attachant.

Elle se recula un peu et lui retourna son sourire.

Mais il ne la libéra pas. Il garda les bras autour de sa taille, plongeant ses grands yeux bleu-gris dans les siens.

Anna sentait que le jeune couple les observait. Elle savait qu'elle devait conclure la vente avant qu'ils ne changent d'avis, mais elle ne bougea pas pour autant. Elle était surprise d'éprouver pareille sensation. Les bras de Sean se refermaient autour d'elle exactement comme il fallait. Il était plus robuste qu'elle ne s'y attendait, mais il savait comment tenir une femme avec tendresse et même une sorte de grâce qui rappelait celle d'un danseur. La sensation était délicieuse. D'ailleurs, elle n'avait rien ressenti d'aussi délicieux depuis très, très longtemps.

Lorsqu'il fit courir doucement ses doigts sur le visage d'Anna, elle essaya de ne pas penser à Malcolm. Et quand il rapprocha ses lèvres, elle ferma les yeux et espéra que le jeune couple comprendrait.

Craaaaashh !

La porte d'entrée claqua avec violence, Sean et Anna se séparèrent d'un bond.

Du verre s'éparpilla sur le paillasson et la violence du choc délogea les volets de sécurité qui se refermèrent tout seuls.

Anna et Sean se précipitèrent vers la porte et la rouvrirent. Ils scrutèrent la rue vers la droite en direction de la rivière.

À gauche, Malcolm disparaissait dans la foule en faisant de grands gestes.

15

C'était une grosse citrouille. Encore plus grosse que celle de l'année dernière. Elle était bien calée avec le reste des courses dans le chariot à provisions — où trônait également Cole.

Il aimait encore se faire pousser sur le parking. Et Lynn y consentait volontiers, même s'il était un peu trop âgé et un peu trop lourd pour ce faire. C'était une des rares choses puériles et insouciantes qu'il s'accordait.

Le vent était particulièrement pénétrant ce jour-là et les arbres à la cime couleur de flamme semblaient émettre leur propre luminosité sur fond de ciel nuageux. Des journées comme celle-ci donnaient à Lynn l'envie de décoller et de prendre son essor au-dessus de la Terre. Elle espérait que Cole ressentait la même chose — mais lorsqu'elle se pencha pour le regarder, elle s'aperçut qu'il avait la tête ailleurs.

Lynn se mit à enchaîner les virages, gauche, droite, gauche. Finalement, elle se mit à tracer des cercles de plus en plus rapides dans une partie dégagée du parking.

Le vent de la course faisait voler les cheveux de Cole. Il leva la tête vers le ciel et étendit les bras comme les ailes d'un avion.

Sa mère continua de courir de plus en plus vite en poussant des cris de joie.

Elle s'arrêta en douceur devant le pare-chocs arrière

de leur vieille Volvo en un parfait atterrissage. Cole baissa les bras.

Maintenant, il souriait.

Parfois, les joies les plus ordinaires étaient les meilleures et Lynn le savait.

Des joies ordinaires. Des espoirs ordinaires.

Malcolm avait pleinement conscience de l'ironie de la situation. Aujourd'hui, Cole était disposé à discuter. Aujourd'hui, pour la première fois, il s'était assis sur le sol de l'autre côté de la table basse, en face de Malcolm, et le regardait dans les yeux.

Aujourd'hui, celui qui avait peur et se sentait dépassé par les événements, c'était Malcolm.

La scène dont il avait été témoin dans la boutique d'antiquités repassait en boucle dans son esprit. Il avait l'impression de revoir inlassablement le même épisode d'une mauvaise série télé. Et tout cela s'était déroulé devant des clients — et devant lui, pour l'amour du ciel ! Manifestement, Anna n'avait pas remarqué sa présence. Mais les gens du voisinage le connaissaient. Combien de temps pensait-elle qu'il continuerait à tout ignorer ? Mais peut-être n'en avait-elle rien à faire ?

Ou si peu. Là était le problème. C'était le plus gros problème qu'il ait eu à affronter. Un problème auquel il devait se consacrer à plein temps.

« Tu n'as pas de questions à me poser aujourd'hui ? » demanda Cole.

Malcolm hocha négativement la tête.

« Alors, je peux t'en poser, moi ?

— Si tu veux, répondit distraitement Malcolm.

— De quoi as-tu envie plus que n'importe quoi ? »

Malcolm connaissait ce stade de la thérapie. Le renversement des rôles. Bon signe. Le patient se transforme en thérapeute et ce faisant, commence à transférer ses propres conflits sur la personne du vrai thérapeute, ainsi il les objective permettant une internalisation de...

Stop.

Plus de jargon.

« Je ne sais pas, répondit Malcolm.

— Mais c'est absolument ce que tu veux.

— Je ne sais, pas, Cole.

— Pourquoi ne pas y réfléchir un moment », insista l'enfant en hochant la tête d'un air sagace.

Ce gosse était vraiment intelligent. Il posait la question qu'on avait enseigné à Malcolm à énoncer. Une question basique. Il fallait apprendre au patient à penser par lui-même. C'est seulement à partir de ce moment qu'il pouvait déterminer son propre but et tracer un itinéraire qui lui permette d'y parvenir.

Malcolm réfléchit.

« Je sais ce que je veux, finit-il par dire. Mon but est de parler à ma femme — de parler comme nous en avions l'habitude avant, comme si nous étions seuls au monde.

— Et comment vas-tu t'y prendre ? »

Malcolm s'efforça de lutter contre la rougeur qui soudain envahissait ses joues, l'humidité qui interposait une brume floue entre lui et le monde. Il avait projeté d'arriver progressivement à cet instant, mais le gamin lui forçait la main.

« Je ne peux plus être ton médecin, déclara Malcolm. Je n'ai pas accordé assez d'attention à ma famille. Et quand on se conduit de cette façon, il en résulte toujours de mauvaises choses. Tu comprends ? »

Cole se tut un long moment. « Tu veux rentrer chez toi ? demanda-t-il avec calme.

— Il le faut.

— Quand ?

— Bientôt. Dans une semaine. Je vais demander à d'autres personnes de s'occuper de toi. Je connais deux psychiatres exceptionnels...

— Ne me laisse pas tomber. »

Les mots étaient aussi blessants que des lames aiguisées.

Vous m'avez laissé tomber. C'était la dernière phrase de Vincent avant qu'il ne...

« Ne me laisse pas tomber, continuait à plaider Cole. Tu es le seul qui puisse m'aider. Je le sais. »

Non, il était différent de Vincent, songea Malcolm. Il y avait sans doute des coïncidences. Mais les coïncidences existaient dans tous les cas. Il ne fallait pas s'y arrêter. « Quelqu'un d'autre peut t'aider, dit-il. Quelqu'un d'autre peut te rendre heureux. »

Cole pleurait maintenant. Son petit visage rouge et crispé, il donnait l'impression que le monde s'écroulait autour de lui.

« Dr. Crowe, murmura-t-il.

— Oui ?

— Tu me crois, n'est-ce pas ? »

De l'honnêteté, songea Malcolm.

« Dr. Crowe, tu crois mon secret, n'est-ce pas ? »

L'honnêteté avant tout

« Je ne sais pas quoi te répondre, dit Malcolm en détournant la tête pour éviter le regard de l'enfant.

— Mais si tu ne me crois pas, comment peux-tu m'aider alors ? »

La question de Cole resta suspendue entre eux, sombre et soudaine comme une éclipse de soleil.

Elle le hantait depuis des années, sans qu'il trouve pour autant une réponse adéquate. Comment un adulte pouvait-il rester assis pendant des heures, des jours et des années à l'écoute d'esprits fantasques, et plein d'effroi ? Comment un homme pouvait-il rendre en douceur un esprit à la réalité sans détruire sa capacité à rêver ? Comment ?

Il n'en avait pas la moindre idée.

Cole fouilla dans sa poche et en tira un penny qu'il fit glisser sur la table.

Malcolm examina avec curiosité les yeux rougis du petit garçon.

« La vraie magie existe », murmura Cole.

16

À la fin de l'après-midi, assis dans son bureau du sous-sol, Malcolm fixait d'un regard vide le certificat que lui avait remis la ville de Philadelphie. Coincé entre deux cartons, le joli cadre était maintenant recouvert de poussière.

Anna était encore au travail. Malcolm avait envisagé de retourner à la boutique, mais il avait peur de ce qui pourrait se passer. La tentation de faire une scène aurait été trop grande. Sean serait certainement présent, sans compter les clients. Il valait mieux attendre qu'Anna rentre à la maison.

Ses yeux erraient sur l'accumulation de détritus qui représentaient quinze années de travail acharné.

Une boîte intitulée CASSETTES D'ENTRETIENS — VINCENT GRAY attira son attention.

Malcolm se pencha et la dégagea de la pile. Il choisit au hasard parmi le contenu, une cassette annotée 7/1.

Il l'introduisit dans le magnétophone et appuya sur le bouton lecture.

Il n'entendit d'abord que le bruit de fond, puis le son d'une porte qui se refermait.

« Désolé de l'interruption. J'espère que je ne t'ai pas laissé seul trop longtemps. Oh là là ! il fait froid ici. »

C'était sa propre voix, neuf ans auparavant.

Le raclement du bois sur le plancher. Sa vieille chaise de bureau.

« Tu pleures, Vincent ? Pourquoi ? »

Maintenant, Malcolm se souvenait de l'incident. Ce jour-là, il était allé répondre à un appel téléphonique. Il ne s'était absenté qu'une minute, mais à son retour, Vincent était en larmes et tremblait de tous ses membres.

« Vincent ?

— Oui ? »

L'intonation du garçon le frappa. On aurait dit Cole. Timide, docile. Anxieux de dire ce qu'il fallait.

« Que se passe-t-il ? Qu'est-ce qui t'a bouleversé ?

— Vous ne me croirez pas.

— Qu'est-ce que je ne croirai pas ?

— Je ne veux plus discuter. Je veux rentrer à la maison, d'accord ? Je veux rentrer chez moi.

— D'accord, Vincent, tu peux rentrer. »

Fin de la session. La cassette s'arrêta.

Malcolm réfléchit pendant un moment. Quelque chose était arrivé à Vincent pendant qu'il s'était absenté, une expérience psychologique traumatisante — un rêve éveillé ou une hallucination.

Ou quelque chose d'autre. Mais quoi ?

Il rembobina la cassette.

« — de l'interruption. J'espère que je ne t'ai pas laissé seul trop longtemps. Oh là là, il fait froid ici... »

Il fit remonter la cassette plus avant et entendit sa propre voix, plus tôt dans l'entretien.

« — ...comme les aiguilles aussi. Quand j'étais petit, on a dû me faire une prise de sang... j'ai vomi tout mon déjeuner sur l'infirmier. »

Il entendit le petit gloussement de Vincent en arrière-plan, puis la porte du bureau qui s'ouvrait.

« Excusez-moi, vous avez le Dr. Reed sur la ligne deux, pépia d'une voix flûtée sa secrétaire Linda.

— Je dois le prendre, Vincent, s'entendit dire Malcolm. *Accorde-moi une minute.*

— D'accord. »

Les pas de Malcolm et de Linda qui quittaient la pièce. Puis le silence.

On entendit soudain un grincement caractéristique. Une chaise qui grinçait sur le plancher.

Malcolm augmenta le volume de 3 à 7.

Il percevait le souffle rapide et haché de Vincent. Une réaction de panique. La respiration de l'enfant produisait un son plus aigu que le sifflement rythmique du bruit de fond.

Quelque chose n'allait pas. Ce sifflement sonnait de manière étrange.

Malcolm arrêta la cassette, la fit remonter quelques secondes et pressa le bouton lecture.

Cette fois, il mit le volume à 10. Au maximum.

Le son qui envahit le sous-sol ressemblait à un murmure issu du bruit de fond statique. Malcolm dut faire un effort pour discerner les mots

« — ...familia... No dejen que esto me pase... Mi familia... Yo no quiero morir... familia... »

Malcolm rappela ses souvenirs d'espagnol scolaire. *« Empêchez que ça arrive*, disait la voix. *Ma famille... Je ne veux pas mourir... »*

Ce n'était pas la voix de Vincent.

Alors qui ?

17

Cole posa le soldat Jenkins sur la rambarde du balcon de l'église. Jenkins était seul au sommet de la colline maintenant, exposé au feu des commandos de la jungle laotienne.

Il envoya le soldat Kinney à la rescousse. Le soldat Kinney pensait à sa femme. Il ne savait pas qu'elle souffrait d'un anévrisme intercrânien. S'il le savait, il ferait plus attention, de manière à rentrer à la maison et pouvoir prendre soin d'elle. Il ferait le nécessaire pour l'envoyer immédiatement à l'hôpital militaire de Walter Reed.

Cole ignorait où se trouvait cet hôpital, mais Kinney le savait. Il en parlait souvent. Kinney et Jenkins venaient lui rendre visite tous les deux. Ils n'avaient pas l'air aussi en forme que ses petits soldats. Ils étaient tout brûlés et on reconnaissait à peine leurs visages. Le napalm était vraiment une chose dégoûtante.

En entendant des bruits de pas précipités, Cole regarda en bas. Le Dr. Crowe venait de rentrer dans l'église. Il était essoufflé.

Bizarre. Cole ne l'avait jamais vu hors d'haleine ; il était toujours très calme.

« Rebonjour, cria Cole. Est-ce que tu veux être un soldat de première classe dans la compagnie M, troisième bataillon, septième de Marines ? Nous avons été affectés dans la province de Quang Nam. »

Le Dr. Crowe leva les yeux. « Peut-être plus tard », dit-il.

Soudain, Cole comprit.

« Il est arrivé quelque chose ?

— En effet.

— T'as l'air sonné.

— Oui. »

Le Dr. Crowe explora d'un coup d'œil nerveux l'église vide, puis se tourna vers Cole. « Ces gens — les gens qui sont morts et se baladent toujours par ici — peut-être ne sont-ils pas prêts à partir ? Ils se sont peut-être réveillés ce matin-là, en pensant qu'ils avaient un millier de choses à faire et qu'il leur restait un millier de jours pour le faire. Et tout ça a été balayé d'un seul coup. »

Cole aligna le reste de la compagnie M sur le sol. Il ne s'attendait pas à entendre une chose pareille et ne savait que répondre.

Juste quelques heures auparavant, le Dr. Crowe ne croyait pas. Maintenant, il paraissait différent — il ressemblait plus à ce qu'il était avant, mais en mieux. Cela faisait peut-être partie de la thérapie. Peut-être au cours de cette dernière semaine, il allait simplement faire semblant ou quelque chose du même genre.

« Sais-tu ce que *Yo no quiero morir* signifie ? » demanda le Dr. Crowe.

Ça ressemblait un peu à du latin, mais c'était différent. Cole secoua négativement la tête.

« C'est de l'espagnol, expliqua le Dr. Crowe. Ça veut dire : Je ne veux pas mourir. À ton avis, que cherchent ces fantômes quand ils te parlent ? Je veux que tu réfléchisses attentivement à ça, Cole. »

Le garçon se leva lentement et regarda par-dessus la balustrade. « Juste de l'aide.

— Je crois que tu as raison ! Je crois que c'est ce qu'ils veulent tous. Même ceux qui sont effrayants. »

Cole fixa le Dr. Crowe droit dans les yeux. Il le connaissait bien maintenant. Cole pouvait savoir quand il lui cachait des choses, quand il le traitait comme un enfant. Les yeux du Dr. Crowe lui disaient tout. Parfois, ils se rétrécissaient et se détournaient. Ça signifiait qu'il plaisantait.

Mais cette fois, ses yeux ne cillaient même pas. L'expression du Dr. Crowe ne laissait pas paraître le moindre signe d'ironie ou d'amusement. « Tu crois maintenant ? demanda Cole.

— Je vous crois tous les deux, maintenant, dit le Dr. Crowe d'une voix ferme, se souvenant qu'il avait parlé de Vincent à Cole quand il était à l'hôpital. Et je pense que j'ai trouvé un moyen de les faire partir.

— C'est vrai ?

— Je crois qu'ils savent que tu es une des rares personnes à pouvoir les voir. Il faut que tu les aides.

— Mais comment ?

— Écoute-les, expliqua le Dr. Crowe. Tout le monde a besoin d'être écouté. Tout le monde. »

Maintenant, Cole *était sûr* que le Dr. Crowe était sonné.

Il jouait distraitement avec le soldat Kinney. Le soldat Kinney était toujours en train de crier et de hurler. Il était impressionnant, costaud et plein de sang. C'était aussi le cas de la dame aux placards, du garçon au pistolet et de tellement d'entre eux.

Les aider. Jamais.

« Et s'ils ne veulent pas être aidés ? voulut savoir Cole. Et s'ils sont simplement en colère et qu'ils veulent faire mal à quelqu'un.

— Je ne crois pas que ça marche de cette manière, Cole.

— Et comment tu peux en être sûr ? »

Le Dr. Crowe observait le bras de Cole, maintenant. Il regardait les coupures qui commençaient à cicatriser.

« Je n'en suis pas sûr », dit-il doucement.

Le soleil se couchait et Malcolm rentrait chez lui. Il avait improvisé dans l'église. S'il avait préparé à l'avance ce qu'il avait à dire à Cole, pas un seul mot ne serait sorti. C'était complètement fou. Ça dépassait les bornes. Si le conseil découvrait toute cette histoire, ils flanqueraient sa licence au panier et essaieraient de le faire interner.

Mais, de toute sa vie, il n'avait jamais été aussi certain de la justesse d'un traitement.

En tournant le coin de Locus Street, son cœur battit soudain plus vite.

Sean était en train de quitter sa maison par la grande porte. Par *sa* porte de devant, en plein sous le nez des voisins de Malcolm et de ses amis. Pour qui se prenait-il ?

Il fallait qu'ils aient une discussion. Immédiatement.

Il pressa le pas. Sean grimpait dans sa voiture.

« Hé ! » cria Malcolm.

Au moment où il atteignait la voiture, Sean mit le moteur en route et démarra sur les chapeaux de roue.

18

Cette nuit-là, Cole s'était assoupi sous sa tente, blotti contre Sebastian. Il fut réveillé par un gémissement.

Il ouvrit des yeux papillotants.

« Cole... Cole que se passe-t-il ? »

C'était la voix de maman, à l'autre bout du couloir.

Il se précipita hors de son abri et courut jusqu'à sa chambre. S'arrêtant devant la porte ouverte, il jeta un coup d'œil prudent à l'intérieur. La machine à coudre était toujours à sa place dans un coin de la pièce, la porte du placard était toujours fermée, le tapis n'avait pas été dérangé. Personne n'avait brisé ou bouleversé quoi que ce soit. *Ils* n'étaient pas venus dans la chambre.

« Cole... qu'est-ce qui t'arrive ? »

Les yeux de maman étaient fermés. Elle était étendue sur le dos et s'agitait dans son sommeil. « Est-ce que quelqu'un t'a fait du mal ? Je leur flanquerai une bonne fessée. »

Fausse alerte, elle était seulement en train de rêver.

Cole observa son visage de plus près. Elle avait les traits tirés, marqués de profondes rides et la même expression que lorsqu'elle avait peur. Elle voyait certainement quelque chose. Quelque chose qui ne lui faisait aucun bien.

Tous les jours, Maman s'efforçait de se montrer joyeuse et gentille mais Cole savait à quel point elle s'inquiétait. Et pas seulement à cause de l'histoire du pendentif au bourdon. Elle se faisait du souci en se demandant s'il irait mieux un jour.

Il pénétra dans la chambre et avança jusqu'au lit. Doucement, il lui caressa le visage.

« Tu es en train de dormir, Maman », chuchota-t-il.

Elle se calma immédiatement. Puis un faible sourire se dessina sur son visage et elle se détendit.

Cole attendit que sa respiration redevienne calme et profonde avant de sortir silencieusement de la pièce. Il referma doucement la porte et s'apprêta à regagner sa propre chambre.

Son souffle se matérialisa sous la forme d'une petite bouffée de vapeur blanche.

Il se figea. Le froid avait envahi le couloir.

La tente. Il fallait qu'il retourne sous sa tente.

Il se força à avancer, se glissa dans sa chambre à quatre pattes et sous le rabat du même mouvement preste. Tâtonnant dans l'obscurité, il trouva sa lampe de poche et l'alluma.

Au-dessus de lui une des pinces à linge se détacha, puis une deuxième.

Il éclaira le toit de sa tente et constata qu'elle était en train de se défaire.

Cole dirigea le rayon lumineux vers les figurines. Elles avaient disparu.

À leur place, se tenait une fillette. Une enfant pâle d'une dizaine d'années, aux yeux enfoncés dans leurs orbites, vêtue d'une chemise de nuit en flanelle.

Elle ouvrit la bouche pour parler, mais une cascade de vomissures en jaillit et dégoulina par terre.

« Je me sens beaucoup mieux, maintenant », dit-elle ensuite en tendant la main vers lui.

Cole lâcha la lampe et jaillit hors de la tente. Au passage, il se prit les pieds dans le rabat de la toile et provoqua l'écroulement du fragile échafaudage. Pris de panique, il s'agita avec frénésie pour se dégager, descendit le couloir en courant et se jeta sous le canapé, où Sebastian s'était déjà tapi.

Cole retint son souffle, guettant le moindre bruit, une voix, des pas — mais, hormis le faible gémissement de Sebastian, la maison restait silencieuse.

La tente était un endroit où il était censé être en sécurité. Comment y était-elle entrée ? Et que lui voulait-elle ?

Cole ne voulait pas le savoir. Elle le dégoûtait. Il resterait ici jusqu'à ce qu'elle soit partie.

Il aurait bien aimé que le Dr. Crowe soit là, maintenant. Il aurait aimé que le Dr. Crowe voie quel effet ça pouvait faire.

Cole aurait bien voulu savoir ce que *lui* aurait fait dans la même situation. *Il* aurait peut-être essayé d'aider cette fille ? *Il* lui aurait peut-être parlé pendant qu'elle vomissait ?

Ou est-ce qu'*il* serait sous le divan avec Cole et Sebastian ?

Le Dr. Crowe était censé donner à Cole de nouvelles idées. Il était censé l'aider à régler ses problèmes. Mais qu'est-ce qui allait se passer si les idées n'étaient pas bonnes ?

Ce que le Dr. Crowe attendait de Cole était impossible. Ça allait contre tous ses instincts. Et l'instinct était là pour nous protéger. C'est ce que Cole avait appris en cours de science — la peur vous transformait en animal, ça vous permettait de vous mettre à l'abri du danger sans réfléchir. Tout comme avait fait Sebastian.

Qu'est-ce que le Dr. Crowe pouvait bien répondre à ça ?

Il dirait probablement que les humains étaient différents des animaux. Que, parfois, il faut agir contre son instinct.

C'était précisément ce qu'il avait voulu dire dans l'église.

Cole sentit sa respiration se calmer. Il réfléchissait aux conseils du Dr. Crowe.

Toute sa vie, Cole avait utilisé son instinct pour fuir

les fantômes ou s'en cacher. Mais ça ne les empêchait pas de revenir tout le temps.

Et ils demandaient toujours les mêmes choses, inlassablement.

Écoute-les, avait dit le Dr. Crowe. *Tout le monde a besoin d'être entendu.*

La fillette était nouvelle. Mais elle aussi reviendrait. Nuit après nuit, elle reviendrait vomir dans sa tente.

C'était plus qu'il ne pouvait supporter.

Cole avala sa salive avec effort, puis quitta son refuge sous le canapé et se mit debout.

Il s'engagea dans le couloir à pas de loup.

Une douce lueur rouge émanait de sa chambre. La lampe de poche était restée allumée sous la tente écroulée. Il distinguait la silhouette de la fillette qui se tenait toujours sous les draps, la tête et les épaules drapés dans la toile.

L'instinct.

Chaque nerf, chaque muscle de son corps lui commandait de faire demi-tour. Mais il combattit son envie de fuir et se força à avancer.

Il tendit la main vers le rabat et tira le drap.

La fille leva les yeux vers lui. Cole remarqua que des tubes de perfusion pendaient de ses poignets. Une fois de plus, elle vomit, mais il ne se laissa pas écœurer par le spectacle.

« Je me sens beaucoup mieux », répéta-t-elle.

L'estomac de Cole se souleva, et il combattit sa nausée en respirant profondément.

Les vomissures n'étaient pas réelles, se dit-il. Elle était morte.

Elle avait besoin d'être écoutée.

Il compta jusqu'à trois, histoire de se calmer les nerfs et chuchota : « Tu veux me dire quelque chose ? »

19

Le voyage en bus semblait avoir commencé depuis une éternité. Cole ne savait même pas que Philadelphie comportait autant de quartiers. Son costume noir le démangeait et lui tenait trop chaud, le siège était trop dur. Trop longtemps exposé au chaud soleil du matin qui lui chauffait le visage, il commençait à avoir la nausée.

Tout ça n'avait pas l'air de gêner le Dr. Crowe. Les adultes avaient l'habitude de s'ennuyer et d'être inconfortablement installés.

La fillette malade qui était venue le visiter sous sa tente, Kyra Collins, avait demandé à Cole d'aller chez elle et de se rendre dans sa chambre. Il devait y trouver une vidéocassette sans étiquette et la montrer à son père. Elle lui avait donné son adresse, que Cole avait soigneusement transcrite. Avant qu'il puisse poser d'autres questions, apprendre, par exemple, comment elle était morte exactement, elle avait disparu.

Maintenant, le bus quittait les limites de la ville. Cole l'avait compris en remarquant que les grands immeubles avaient disparu, remplacés par des maisons individuelles, séparées les unes des autres.

« Elle a fait une longue route pour venir me voir, n'est-ce pas ?

— On dirait bien », répondit le Dr. Crowe.

Lorsqu'ils quittèrent enfin le bus, c'était presque l'après-midi. Ils se trouvaient dans un quartier agréable dont les rues décrivaient des courbes harmonieuses, on y voyait beaucoup d'arbres et des pelouses bien entretenues.

Le chauffeur du bus leur avait indiqué où se trouvait la rue de Kyra. Trouver la maison ne fut pas très difficile. De nombreuses voitures étaient arrêtées devant une jolie maison au toit de bardeaux, située vers le milieu de la rue. Des gens traversaient la pelouse, se dirigeant vers la porte d'entrée.

Sur le trottoir devant la maison, une femme soutenue par deux hommes était si secouée de sanglots qu'elle parvenait à peine à marcher. « Est-ce que quelqu'un pourrait aller chercher un verre d'eau ? » cria un des hommes.

Kyra avait sans doute une grande famille. Ou beaucoup d'amis. Ou les deux.

Cole et le Dr. Crowe suivirent la foule. Sur la pelouse, une petite fille était assise sur une balançoire. Elle était blonde, semblait âgée d'environ quatre ans et Cole déduisit de sa ressemblance avec Kyra qu'elle devait être sa petite sœur.

La balançoire était immobile. La fillette n'essayait même pas de bouger, elle se contentait de regarder droit devant elle, pendant que les gens allaient et venaient tout autour.

Elle paraissait si triste et solitaire que Cole aurait voulu s'arrêter pour lui parler, mais le Dr. Crowe avait déjà grimpé les marches du porche et il dut le suivre.

Dans le salon, les gens pleuraient, s'étreignaient et se servaient à manger dans de grands plats. La maison n'est pas aussi luxueuse que celle de Darren, songea Cole, mais c'était joli. Tout était bleu — les motifs du papier peint, les tapis et le mobilier.

Une grande toile représentant la famille Collins était accrochée au mur. Kyra souriait. Elle avait l'air en pleine forme et bien bronzée, tout comme sa petite sœur qui était encore un bébé. La mère de Kyra était blonde et très jolie, et son père commençait à perdre ses cheveux mais avait l'air gentil.

Pendant qu'il avançait dans la foule à la suite du Dr. Crowe, il saisissait des fragments de conversation. Il apprit ainsi des choses que Kyra ne lui avait pas dit.

Avant de mourir, elle avait dû garder le lit pendant deux ans.

Elle avait vu six médecins mais aucun d'entre eux n'avait découvert ce qui n'allait pas.

Sa petite sœur commençait aussi à tomber malade, en présentant les mêmes symptômes.

« Que Dieu les aide », dit un homme auprès de Cole.

En arrivant au bout du salon, Cole et le Dr. Crowe s'engagèrent tranquillement sur les premières marches d'un escalier recouvert de moquette.

En haut, le couloir était tranquille et désert. Un appareil à perfusion dressait sa silhouette efflanquée près d'une porte sur la droite. À ses pieds, s'empilaient une série de boîtes étiquetées « Matériel médical » et « Déchets médicaux — toxique ».

La porte était soigneusement fermée.

Soudain Cole fut parcouru d'un frisson. Il commençait à se sentir effrayé.

Il regarda la carte du monde accrochée sur le mur du couloir et se mit à penser à tous les endroits où il pourrait trouver refuge. « J'aimerais bien être ailleurs. »

Le Dr. Crowe prit un air compatissant. « Où pourrais-tu trouver un endroit où personne n'est mort ? »

Bonne question, se dit Cole. Peut-être l'Antarctique, mais on ne pouvait pas y vivre. « Ne me laisse pas seul, d'accord ? dit-il.

— Certainement pas. »

Cole tourna la poignée et poussa la porte. Dans la chambre de Kyra, l'atmosphère était étouffante, et ça sentait le talc pour bébé. Les murs étaient recouverts de dessins et de cartes colorées qui lui souhaitaient un bon rétablissement. Son lit était un lit d'hôpital, avec une manivelle à main et un matelas qui se redressait.

Les draps étaient toujours froissés, comme si Kyra était juste partie faire un tour et n'allait pas tarder à rentrer.

Mais une chose retint particulièrement l'attention de Cole. Les étagères de Kyra étaient pleines de marionnettes — marionnettes à fils, marionnettes à gaine, pantins représentant Punch et Judy, sorcières, monstres, princesses, rois, reines. Un théâtre de marionnettes miniature à trois étages était installé sur sa commode, à côté d'un petit caméscope.

Kyra avait demandé à Cole de remettre une des marionnettes à gaine à sa petite sœur, un clown au chapeau pointu. Il la dénicha, la fourra dans sa poche et continua son exploration.

Des vidéocassettes étaient soigneusement alignées sur le bureau de Kyra. Cole les étudia avec attention. SPECTACLE DE NOËL, disait une des étiquettes. LE VOYAGE DE CLASSE DES MARIONNETTES, lisait-on sur une autre. *Toutes* ces cassettes étaient des spectacles de marionnettes.

Où avait-elle bien pu déposer la cassette anonyme ? Cole examina la chambre mais ne vit pas d'autres cassettes. Il n'y avait que d'autres fournitures médicales, une bibliothèque, une collection de CD, un placard.

Elle avait peut-être choisi le placard pour dissimuler la cassette ? Cole quitta le bureau et se dirigea vers l'autre côté de la chambre.

Un éclair blanc surgit de dessous le lit.

Une main.

Elle saisit Cole par la cheville. Surpris, il fit un bond en arrière et tomba, sa tête alla cogner contre le mur.

Le Dr. Crowe se précipita à son secours et la main se retira prestement sous le lit. Cole respirait à grands coups, encore sous le coup de la peur. *Agir contre l'instinct*, se rappela-t-il. *Rester calme.*

Le Dr. Crowe avait l'air abasourdi. Il n'avait pas vu la main, mais Cole était certain qu'il avait compris ce qui s'était passé.

Cole se mit à quatre pattes et regarda sous le lit.

Elle était là. Kyra le fixait, silencieuse et fantomatique. De l'obscurité, elle sortit une boîte à bijoux. C'était un vieux coffret marron avec une bande rouge en son milieu.

Cole la prit et se releva. Maintenant, il lui fallait trouver le père de Kyra. Il échangea un regard avec le Dr. Crowe, sortit de la pièce et regagna le rez-de-chaussée. La maison était encore plus bruyante. De nouveaux invités étaient arrivés ; ils remplissaient le salon, épaule contre épaule.

Cole aperçut Mme Collins dans la salle à manger. C'était la même femme que sur le tableau, excepté qu'elle semblait un peu plus âgée. Sa coiffure était impeccable et elle était très maquillée. Tout le monde l'étreignait, certains lui offraient des cadeaux, des fleurs ou des cartes. Ceux qui souhaitaient l'approcher devaient se résoudre à une longue attente.

Cole se faufila parmi la foule à la recherche du père de Kyra.

Un homme était assis seul dans un petit salon qui jouxtait la grande pièce. Il tournait le dos aux invités et regardait dans le vide, le corps rigoureusement immobile, une expression lointaine sur le visage.

Les quelques personnes qui se tenaient près de lui s'étaient rassemblées à l'entrée et bavardaient entre elles. Elles semblaient avoir un peu peur de l'homme. Personne ne paraissait trouver le courage de lui parler.

Cole traversa ce petit groupe et avança jusqu'à lui. Il ressemblait au portrait de M. Collins, mais Cole avait tout de même quelques doutes. L'homme du tableau avait un sourire agréable et chaleureux. Le visage de celui-là était de marbre. « Monsieur ? »

L'homme ne réagit pas.

« Excusez-moi, monsieur », insista Cole.

L'homme finit par se tourner. Il avait les yeux rouges et n'avait pas quitté son air lointain. Ses traits las et tirés donnaient l'impression qu'il agonisait lentement.

« Êtes-vous le père de Kyra ? » demanda Cole.

Au nom de Kyra, les traits de l'homme semblèrent se flétrir d'un seul coup. Ses yeux se brouillèrent de larmes et il hocha lentement la tête.

Les mains tremblantes, Cole lui tendit la boîte à bijoux. « C'est pour vous. Elle voulait vous dire quelque chose. »

M. Collins regarda Cole pendant un interminable moment, la confusion et la douleur se mêlant sur son visage. Cole finit par se dire qu'ils allaient rester dans la même position pour toujours, mais M. Collins finit par tendre la main et prit la boîte.

D'un geste doux, il manœuvra la fermeture et souleva le couvercle.

À l'intérieur reposait une vidéocassette sans étiquette. M. Collins la prit et l'examina avec curiosité. Puis, il l'inséra dans le magnétoscope, alluma le poste de télé et retourna s'asseoir.

Un gros plan du théâtre de marionnettes de Kyra envahit l'écran. Deux marionnettes à gaines dansaient joyeusement, échangeant leurs répliques d'une voix suraiguë. M. Collins sourit, et son expression s'éclaira un peu.

Attirés par le bruit, des invités commencèrent à s'agglutiner sous l'arche qui s'incurvait à l'entrée du petit salon. Cole resta auprès du Dr. Crowe.

Sur l'écran, le spectacle s'interrompit brutalement. Les marionnettes sortirent du cadre, le théâtre fut poussé de côté — et d'un seul coup, Kyra apparut.

Cole observa l'angle de la caméra et se dit que l'appareil devait être posé sur le bureau de Kyra, juste en face de son lit. Kyra était plein champ lorsqu'elle regagna son lit et sauta sous ses couvertures. Elle se retourna sur le côté et ferma les yeux, faisant semblant de dormir.

La porte s'ouvrit peu après. Mme Collins traversa l'écran en venant de la droite. Vêtue d'une chemise à rayures orange et marron, elle portait un plateau où étaient disposés un verre de jus, une assiette de fruits et un bol de soupe. Manifestement, elle ne s'était pas rendu compte que la caméra tournait.

Elle jeta un coup d'œil à Kyra, qui ne broncha pas, faisant toujours mine d'être endormie. Puis la mère alla tranquillement ouvrir le placard.

Cole ne pouvait pas voir ce qu'elle faisait, mais elle revint avec un flacon à la main. Elle le posa au passage sur le bureau et la caméra prit l'étiquette en gros plan.

C'était un produit pour nettoyer les sols. Le crâne et les tibias entrecroisés qui symbolisaient le poison étaient clairement visibles à la fin des indications.

Mme Collins dévissa le bouchon, le retourna pour le remplir d'une dose de liquide. « C'est trop », murmura-t-elle.

Elle en remit un peu dans la bouteille, puis versa le reste dans le bol de soupe.

Cole ferma les yeux. Il se sentait malade.

Autour de lui, les invités, saisis, restaient bouche bée.

Cependant, sur l'écran, Mme Collins avait remis le flacon à sa place, dans le placard, puis repris le plateau. Elle fit le tour du lit de Kyra et posa sa charge sur une table roulante d'hôpital.

« Kyra, c'est l'heure du déjeuner ! » dit-elle à voix haute, en disposant la table au-dessus du lit.

Kyra s'étira et bâilla comme si elle venait de se réveiller. « Je me sens beaucoup mieux, maintenant.

— J'en suis heureuse, ma chérie, répondit Mme Collins en souriant. Allez, c'est l'heure du repas !

— Est-ce que je pourrai sortir si je mange bien ?

— Nous verrons. Tu sais que tu es souvent malade l'après-midi. »

Kyra s'assit et leva sa cuillère. Elle avala une gorgée, fit la grimace et regarda sa mère.

« Et ne dis pas que ça a un goût bizarre, la réprimanda Mme Collins. Tu sais bien que je ne veux plus entendre ce genre de choses. »

Kyra trempa de nouveau le couvert dans la soupe. Puis d'un geste hésitant, elle porta la cuillère à sa bouche et avala une autre gorgée.

M. Collins leva la télécommande d'une main qui tremblait violemment et l'écran s'obscurcit d'un seul coup.

Il porta les doigts à son front et se leva. Son visage ne portait plus aucune trace de confusion.

C'était le visage d'un homme choqué.

D'un homme trahi.

D'un homme en colère.

Personne ne dit un mot alors qu'il sortait en chancelant de la pièce, mais tout le monde le suivit. Toutes les expressions reflétaient celle de M. Collins. Le Dr. Crowe avait l'air furieux. Cole et lui accompagnèrent les autres invités, escortant le père de Kyra comme une armée loyale.

M. Collins pénétra dans la salle à manger d'un pas mal assuré. Sa femme était en train de rectifier la disposition d'un bouquet sur la table.

Il s'arrêta à l'entrée, ses amis juste derrière lui.

Mme Collins se retourna et sourit à son mari.

Il ne lui rendit pas son sourire. « C'est toi qui la rendais malade », dit-il d'une voix hachée par la fureur.

Une larme roula sur sa joue et tomba sur le plancher.

Le regard de Mme Collins parcourait la foule et ne rencontrait que la colère sur tous les visages. Son sourire fondit lentement.

Les fleurs se répandirent sur le sol.

Cole avait accompli sa mission. Lui et le Dr. Crowe se glissèrent discrètement hors de la maison et refermèrent la porte.

La sœur de Kyra était toute seule maintenant. Cole alla la rejoindre et s'installa sur la balançoire à côté de la sienne. Il sortit le clown de sa poche et le lui tendit. « Elle a dit que tu l'aimerais. »

La fillette fixa silencieusement la marionnette pendant un moment, puis la prit.

« Est-ce que Kyra va revenir ? » demanda-t-elle ensuite.

Lui dire la vérité broya le cœur de Cole. Mais il le fallait. Kyra était morte. Et il se rendait compte maintenant qu'il ne la reverrait plus jamais.

« Elle ne reviendra plus », répondit-il.

20

« Reste donc tranquille, mon garçon. Si tu es censé être un pauvre, tu dois avoir l'air pauvre. Et tu n'as pas la moindre idée du nombre de coutures et d'épingles de sûreté dont on a besoin pour fabriquer un bon costume de pauvre ! »

Cole adorait la manière dont s'exprimait Mme Deems. On aurait dit Bette Davis, dans les films que maman aimait regarder.

Un nombre incroyable d'événements s'étaient déroulés dans les semaines qui avaient suivi la visite de Cole chez Kyra. D'abord, il n'avait plus peur des morts. Il avait envoyé un message anonyme à la mère du soldat Kinney et à la femme du soldat Jenkins qui étaient toutes deux encore en vie. Il laissa l'adolescent lui montrer où se trouvait l'arme de son père et lui donna la permission de s'en débarrasser.

La mission avait été plus délicate avec la femme aux placards. En fait, elle avait seulement besoin de parler. Personne n'avait jamais pris la peine de l'écouter, avait-elle dit. Alors, Cole l'avait écoutée, ce qui l'avait calmée. Puis, elle avait pleuré. Ensuite, elle était partie.

Ils partaient tous. Et ne revenaient jamais.

Le Dr. Crowe avait eu raison. Il était le meilleur psychiatre du monde. Cole se sentait beaucoup plus heureux ces derniers jours. Ça se passait mieux à l'école. Les autres ne le taquinaient plus autant. Ça allait aussi beaucoup mieux avec M. Cunningham, qui avait déclaré au club de théâtre que Cole était un acteur doué.

Cet après-midi, ils devaient donner leur grande représentation et Mme Deems voulait terminer son costume. Elle aimait bien travailler posément, tout en bavardant. Il y a vingt ans, expliquait-elle, elle avait eu des problèmes pour finir un des costumes. C'était le jour où les coulisses avaient pris feu. Quand on avait donné l'alerte, le garçon à qui était destiné le costume se sentait trop gêné pour sortir en sous-vêtements. Il avait un peu trop tardé à se décider et avait péri dans l'incendie.

Et Mme Deems n'avait jamais pu le surmonter.

Cole trouvait que c'était une bien triste histoire et pourtant il en avait déjà entendu beaucoup. Il resta immobile pendant qu'elle recousait une déchirure intempestive dans son costume et faisait le nœud final. « Voilà, dit-elle enfin. Voyons ce que ça donne. Bouge un peu les bras et les jambes. »

Cole s'exécuta. « Ça a l'air bien plus solide, maintenant.

— Très bien. Tu connais ton texte ?

— Dites-moi, gentil messire, pourquoi entend-on tant de bruyantes clameurs dans ce verdoyant village ?

— Parfait !

— Comment était mon accent ? »

Avant que Mme Deems ait pu répondre, la porte de la pièce s'ouvrit et M. Cunningham passa sa tête à l'intérieur. « On appelle le garçon d'étable ! »

Cole attrapa son chapeau posé sur la table.

« À qui parlais-tu ? demanda M. Cunningham en examinant la pièce avec curiosité.

— Je répétais mon rôle », répondit Cole.

Mme Deems adressa un sourire triste à M. Cunningham. « Cher Stanley, dit-elle. C'était mon élève préféré. J'imagine que son expérience théâtrale l'a considérablement aidé. Son bégaiement a disparu. »

Cole avait évité de la regarder pendant qu'elle se

trouvait dans son dos. Maintenant, il la voyait en face de lui. Le côté gauche de son visage, profondément brûlé quand elle était morte dans l'incendie, n'était plus qu'un amas informe et sanglant. Puis Mme Deems s'effaça dans l'ombre pendant que Cole se retournait vers M. Cunningham.

Le professeur n'avait absolument rien vu.

« Merci de m'avoir donné ce rôle, monsieur Cunningham.

— De rien, Cole. »

M. Cunningham le regardait avec confiance et affection. Depuis qu'il avait fait la paix avec les morts, Cole n'avait plus peur. Les autres enfants avaient ressenti son nouvel état d'esprit et le laissaient un peu plus tranquille. Lui avait moins de difficultés à leur adresser la parole et les autres trouvaient plus facile de lui répondre.

On ne le considérait plus de manière bizarre. Le Regard avait disparu. M. Cunningham ne pensait plus que Cole était un cinglé.

Et Cole non plus, d'ailleurs.

Tous les deux sortirent des loges et grimpèrent l'escalier qui conduisait à la scène. « Tu sais, à l'époque où j'étais élève ici, un terrible incendie a détruit cette partie du théâtre, dit M. Cunningham. Ils ont tout reconstruit.

— Je sais », dit Cole en hochant la tête.

La pluie alourdissait le manteau de Malcolm alors qu'il se hâtait vers St. Anthony à travers les rues glissantes. Il était tard. Le temps avait filé sans qu'il y fasse attention. C'était un phénomène qui se reproduisait souvent ces derniers temps. Il espérait tout de même arriver à l'auditorium avant que le rideau ne retombe.

Il grimpa les marches quatre à quatre, puis se glissa dans l'ombre, à l'entrée de la grande salle.

La représentation du *Jeune Roi Arthur* battait son plein.

Pendant qu'il reprenait son souffle, il examina le public à la recherche de Lynn. Aujourd'hui, elle assurait son double service, mais elle espérait que son patron lui permettrait de se faire remplacer.

Malcolm ne la trouva pas, aussi resta-t-il tout seul au fond de l'auditorium, au bout de l'allée centrale. Par bonheur, personne ne sembla remarquer son essoufflement. Tous les yeux étaient braqués sur la scène.

Les enfants posaient gauchement sur le plateau. La plupart d'entre eux étaient costumés en chevaliers ou en gladiateurs, les plastrons de leurs armures en plastique faisaient des bosses ridicules sur leurs poitrines, et leurs têtes paraissaient minuscules sous leurs heaumes. Cole se tenait debout dans le fond — à *l'arrière-scène* — se dit Malcolm en se remémorant ses souvenirs de théâtre pendant les vacances — et plutôt vers la droite. *Côté jardin*, ou était-ce *côté cour* ? Il n'a jamais su faire la distinction.

Un garçon dans une fausse armure étincelante se dirigea vers le centre du plateau où la garde d'une épée sortait d'une grosse pierre en carton. Le gamin agrippa la poignée de l'épée et fit semblant de tirer de toutes ses forces. Son interprétation ne valait sans doute pas un oscar, mais il réussit à ne pas faire bouger l'épée. L'air épuisé, il s'essuya le front et retourna d'un air penaud se noyer dans le groupe des « concurrents ».

Bobby O'Donnell s'avança dans un costume de magicien. C'était la première fois que Malcolm voyait un Merlin aussi joufflu.

« Seul celui dont le cœur est pur pourra séparer l'épée de la pierre », entonna Bobby.

L'épée était bien sûr Excalibur, attendant le futur roi.

D'un air dramatique, Bobby examina tour à tour ses camarades qui jouaient le rôle des hommes du village. Ils faisaient de leur mieux pour paraître humiliés et blessés. Finalement, le regard de Bobby s'arrêta sur Cole. « Laissez-le essayer ! »

Les villageois éclatèrent de rire et se mirent à railler Cole, le couvrant de sarcasmes.

Un des acteurs, vêtu d'un hideux costume de villageois, dont la taille excessive lui donnait l'air grotesque, s'avança en boitant. Malcolm dut s'y reprendre à deux fois pour reconnaître Tommy Tammisimo, star de la pub, ex-vedette des productions du CE2 et du CM1.

Tommy ne semblait pas particulièrement satisfait de la distribution des rôles. « Mais ce n'est que le garçon d'étable, il s'occupe des chevaux », débita-t-il d'un ton monotone et dépourvu d'inspiration.

« Silence, idiot du village ! » tonna Bobby.

Manifestement, Bobby appréciait cette réplique en particulier.

Tommy s'éloigna, toujours boitillant.

Malcolm se retint d'éclater de rire, il ne savait pas s'il serait capable de s'arrêter.

« Laissez le garçon approcher ! reprit Merlin qui, d'un grand geste, fit signe à Cole d'avancer jusqu'à la pierre. Arthur... »

Le silence se fit sur la scène. Cole fit deux pas vers la pierre et, soudain, hésita.

Malcolm retint sa respiration. Soit Cole était un grand acteur, soit il était complètement terrifié. Ce n'était pas la première fois que le visage de l'enfant portait une telle expression. Il avait la même lors de leur première rencontre à la maison des Sear, lorsqu'ils avaient joué à la télépathie. Cette expression qui disait, *je ne suis personne, je ne suis qu'un cinglé*. C'était aussi ce que laissait transparaître le visage de Vincent Gray ce soir là dans la salle de bains de Locus Street. L'ombre de la peur et de la confusion qui s'étaient transformées en colère avec les années.

À la récré j'ai été choisi pour jouer avant-centre. J'ai marqué un super but qui nous a fait gagner la partie et tout le monde m'a pris sur ses épaules et m'a acclamé. Autrefois, ç'avait été le rêve qu'avait raconté Cole lors de cette lointaine rencontre. À ses yeux, c'était une chimère inaccessible, tout comme sa mère rêvant de gagner à la loterie. Une impossibilité. Un improbable songe.

Son Excalibur.

Un psychothérapeute est toujours à la recherche de métaphores, reliées à des symboles, parce que l'esprit humain fonctionne de cette façon. Cole était en train d'interpréter un rôle — mais Malcolm avait compris. Cole avait émergé extrêmement vite de l'abîme où il avait si longtemps séjourné. Peut-être trop vite. Il venait de comprendre qu'il pourrait y retomber — et que la chute serait dure.

Mais cette expression de détresse passa aussi vite qu'elle était apparue. Cole s'avança et enroula ses doigts autour du pommeau. Un projecteur s'alluma au-dessus de lui, l'isolant jusqu'à ce que le reste des personnages soit réduit à des silhouettes grises. À ce moment, il tira.

L'épée commença à glisser hors de son fourreau de pierre. Les villageois laissèrent échapper en chœur un hoquet d'étonnement. Un par un, ils s'agenouillèrent devant Arthur le garçon d'étable, leur nouveau roi.

La scène fut inondée de lumière et soudain Cole parut immense. Avec un sourire de triomphe qui irradiait jusqu'aux derniers rangs, il brandit Excalibur vers le ciel.

Les autres se levèrent dans un élan enthousiaste. Ils se précipitèrent vers lui avec des cris de joie. Ils le soulevèrent du sol et le portèrent en triomphe tout autour de la scène.

Le public des parents se leva dans un tonnerre d'applaudissements en criant bravo.

Cole semblait stupéfait. Il éclata de rire, essayant de garder l'équilibre. Sous lui, les petits bras de huit ans commencèrent à fléchir sous le fardeau. Puis Cole pencha lentement d'un côté et la masse des enfants s'écroula en douceur.

Complètement emmêlés, ils continuaient à hurler de rire.

Cole était également secoué de hoquets de rire. Et M. Cunningham s'esclaffait lui aussi, appuyé sur un des montants de la scène.

Se mêlant à ses propres éclats de rire, Malcolm sentit une larme d'émotion glisser sur sa joue.

21

Cole brandissait Excalibur au-dessus de sa tête. Derrière lui, la pluie crépitait contre les vitres poussiéreuses des hautes fenêtres du hall de l'école, projetant sur le sol des formes dansantes semblables à des amibes grouillant sous un microscope.

La plupart des parents et des enfants étaient partis, hormis ceux qui étaient affectés au nettoyage. Lynn n'était pas encore arrivée. Selon Cole, son patron, M. Rattigan, ne lui avait sans doute pas permis de se faire remplacer si près du rush des achats d'été. Mais elle avait promis de passer prendre Cole après le spectacle.

Parade. Riposte. Riposte. Parade.

Cole ne semblait pas trop touché par l'absence de sa mère, songea Malcolm. C'était un enfant plein de ressources. Et il n'était pas non plus mauvais escrimeur pour un gamin du CE2 aux genoux noueux. L'année prochaine, il jouerait peut-être *Les Pirates de Penzance*.

Pour Cole, presque plus rien n'était hors d'atteinte.

Le cas Cole Sear était quasiment réglé. Bientôt, le garçon devrait se débrouiller seul. Les choses ne seraient probablement jamais simples pour lui. Les fantômes continueraient à lui apparaître, et il devrait accomplir des tâches difficiles pour leur venir en aide. Il avait un don, et comme tous ceux qui ont un don, il avait des devoirs.

La victoire de Malcolm était douce-amère. Bien sûr,

il avait trouvé la solution au problème de Cole, mais elle était arrivée dix ans trop tard pour lui permettre d'aider Vincent Gray. Cependant Malcolm avait appris que la mort n'était pas ce dont elle avait l'air. Il aimait à penser que, peut-être grâce à Cole, Vincent aussi serait sauvé, d'une certaine manière — contrairement à Kyra Collins, au soldat Kinney ou à Mme Deems et la dame aux placards, il n'aurait pas à subir une errance sans fin sur Terre.

Avant de partir, Malcolm avait un dernier problème à régler. Il restait à Cole encore une chose à faire, et il devrait l'accomplir seul, sans l'aide de Malcolm — la dernière étape et peut-être la plus difficile. Maintenant, il lui fallait mettre sa mère au courant. Cette révélation pouvait peut-être l'effrayer, mais elle finirait par comprendre. Et sa compréhension était un élément crucial, essentiel aux progrès de Cole.

« On ne parle pas beaucoup aujourd'hui », fit-il observer.

— C'est sans doute parce que nous nous sommes déjà tout dit, répondit Malcolm. Il est peut-être temps de te confier à quelqu'un d'autre ? À quelqu'un de très proche de toi.

— C'est possible, répondit Cole qui continuait à se fendre en agitant son épée. C'est la dernière fois qu'on se voit, c'est bien ça ? »

Malcolm savait que l'énergie nerveuse que déployait le garçon était due à l'angoisse de la séparation. Il éprouvait lui-même un sentiment similaire.

La rupture était pénible, mais inévitable. Et pas seulement pour le bien de Cole. Malcolm avait son propre problème familial à régler.

Il secoua la tête. Il avait l'impression de peser des tonnes. « Tu as été fantastique dans la pièce, Cole. »

Le garçon laissa retomber ses bras et se tourna vers Malcolm. « C'est vrai ?

— Et tu sais quoi ?

— Non.

— J'ai trouvé que Tommy Tammisimo était complètement nul. »

Cole lui adressa un large sourire que Malcolm eut du mal à lui retourner.

« Tu as toujours l'air triste », fit remarquer le garçon.

Malcolm hocha la tête. « Je n'ai toujours pas réussi à parler à ma femme.

— Et pourquoi ?

— Je ne sais pas. Je n'ai jamais trouvé le temps. Chaque fois que je rentre à la maison, elle dort déjà.

— Mais tu peux lui parler même si elle dort. Elle ne s'en rendra peut-être pas compte mais elle entendra quand même. »

Cole se mit à faire les cent pas, traînant son épée sur le sol. « On pourrait peut-être dire qu'on se verra demain ? Juste pour faire semblant.

— D'accord, dit Malcolm qui poussa un profond soupir et se leva. Il faut que j'y aille maintenant. À demain. »

Il se fit demi-tour et descendit les escaliers en direction de la grande entrée, traversant les reflets dansants des gouttes de pluie.

« À demain », dit Cole d'une petite voix fragile.

Malcolm ouvrit la porte. Il n'osait pas se retourner de peur de révéler ses véritables sentiments.

Il ne les livra qu'à la pluie torrentielle.

Lynn avait peur de retrouver Cole enfermé dans l'école en arrivant à St. Anthony, mais un groupe était resté pour remettre les lieux en état. Elle prit le temps d'embrasser et féliciter son fils, puis tous deux allèrent prêter main forte à l'équipe de nettoyage.

Elle apprit ainsi quel grand succès avait rencontré la représentation et eut l'occasion de voir des Polaroïds qui lui firent monter les larmes aux yeux. Les Fazio lui promirent une copie de leur vidéocassette, et leur fils

Frankie, un petit dur, demanda la permission de jouer avec Cole le week-end suivant.

Les choses avaient manifestement évolué.

Pendant qu'ils rentraient péniblement sous une pluie battante, la fierté de Lynn jouait à chat avec sa culpabilité, mais aucune ne gagna. Malgré la chaussée glissante, la Volvo tenait bien la route, et la circulation était plutôt fluide — jusqu'à ce qu'ils arrivent en vue du pont de la ville. Le trafic était bloqué dans les deux sens.

Comme la plupart des ponts de Philadelphie, le vieux pont, construit à l'époque des voitures à chevaux, n'avait qu'une seule voie de chaque côté. Un simple accident pouvait stopper la circulation pendant des heures.

Quelques centaines de mètres plus loin, sur le pont proprement dit, une voiture était sortie de la chaussée pour s'écraser contre la rambarde. Des ambulances arrêtées entre les deux voies encadraient le lieu de l'accident, leurs gyrophares baignaient toute la scène de lueurs rouges.

Lynn essaya de distinguer ce qui se passait, mais la pluie battante voilait son pare-brise malgré le ballet des essuie-glaces. « J'espère que personne n'a été blessé », fit-elle observer.

Cole ne répondit pas. Il était assis dans le siège du passager, le corps rigide, regardant fixement devant lui.

« Tu es bien calme », dit Lynn.

Pas de réponse.

Il était en colère. Elle le savait. Elle savait qu'elle aurait dû insister auprès de M. Rattigan. La mère de Darren assistait au spectacle, la mère de Tommy assistait au spectacle et aussi la mère de Bobby. Si seulement elle s'était obstinée, si seulement elle avait appelé plus de collègues, alors peut-être...

« Tu es fâché que j'ai manqué la pièce, n'est-ce pas ? »

Cole secoua la tête de gauche à droite.

« J'avais mes deux boulots aujourd'hui — tu sais à quel point c'est important pour nous. Mais j'aurais donné n'importe quoi pour être avec toi. »

Cole la regarda droit dans les yeux. Il avait ce regard si particulier. Ce regard qui signifiait j'ai-quelque-chose-à-te-dire. Ce regard qui promettait tant et qui se terminait toujours par « Tu me passes le paquet de biscuits ? » ou : « Est-ce que je peux dormir avec toi ? »

Mais cette fois, Cole prononça une phrase bien différente. « Je suis prêt à communiquer avec toi.

— À communiquer ?

— Je suis prêt à te dire mes secrets. »

Lynn fut parcourue d'un frisson soudain. Certes, elle avait longtemps attendu ce moment, mais elle craignait aussi de le voir arriver. Apprendrait-elle enfin d'où venaient ces écorchures et ces contusions ? D'où venaient ces textes violents et ces insultes ? Pourquoi il dérobait ces figurines à l'église ?

D'une certaine manière, elle avait espéré que les choses s'arrangent d'elles-mêmes, comme cela semblait être le cas ces dernières semaines. Sans avoir à s'appesantir sur le passé. Sans explication. « Je t'écoute, dit-elle avec précaution.

« Tu vois l'accident là-bas ?

— Ouais...

— Quelqu'un a été blessé.

— Vraiment ?

— Une dame. Elle est morte.

— Oh, mon Dieu ! »

Lynn essuya l'intérieur du pare-brise avec sa manche et tenta de distinguer ce qui se passait devant eux. « Tu peux la voir ?

— Oui.

— Où est-elle ?

— Elle se tient debout près de ma fenêtre. »

Le cœur de Lynn manqua un battement. Elle se tourna vers la fenêtre du passager, mais ne vit rien.

« Cole..., tu me fais peur.

— Parfois, ils me font peur aussi.

— Qui ça *ils* ?

— Les morts.

— Les morts ?

— Des fantômes », confirma Cole.

Non. Ça n'était pas en train d'arriver. Elle n'avait pas cette conversation avec son fils. Mais en même temps, elle ne *pouvait pas* éluder le problème et ne pas en parler.

« Tu vois des fantômes, Cole ?

— Ils veulent que je fasse des choses pour eux.

— Ils... ils te *parlent* ? »

Cole acquiesça de nouveau.

Lynn essaya de recouvrer son calme, mais elle avait l'impression de s'éparpiller dans toutes les directions. *Il croit que des fantômes lui apparaissent. Et il se réfugie dans une tente, il a d'horribles idées de meurtre. Et quoi encore ? Qu'est-ce qu'il va encore me dire ?* Non, les choses ne s'arrangeaient pas d'un coup de baguette magique. Elle avait été stupide de penser une chose pareille. Mais comment pouvait-elle l'aider alors qu'elle avait épuisé toutes ses ressources — quand un foyer aimant et chaleureux n'avait pas suffi, quand le club de théâtre n'avait pas suffi, ni l'église, ni les psychologues, ni les fêtes, ni...

« À quoi tu penses, maman ? »

Et il était son fils, le plus gentil garçon du monde. Elle était prête à mourir pour lui, à donner sa vie si ça devait lui permettre de s'arracher à ses obscures fantaisies et lui apporter le bonheur. « Je ne sais pas..., répondit-elle à retardement.

— Tu penses que je suis cinglé ? »

Elle se retourna brusquement vers lui. Au moins, il n'y avait aucun doute à ce sujet. « Regarde-moi, dit-elle d'un ton uni. Je n'ai jamais pensé une chose pareille de toi et je ne le penserai jamais. Jamais. C'est compris ?

— Compris.

— Mais... j'ai tout de même besoin d'une petite minute pour réfléchir. »

D'accord. Toute cette histoire était réelle pour Cole. Ce qui voulait dire — quoi ? Tout nier et le braquer ? Entrer dans son jeu, au risque de ne jamais le voir sortir de cet état ?

« Grand-mère t'envoie le bonjour. »

Lynn eut l'impression que son cerveau se figeait.

« Elle te présente ses excuses pour le pendentif au bourdon, continua Cole. C'est parce qu'elle l'aime vraiment beaucoup. »

Garde ton calme, se dit Lynn. *Au-delà de tout ça, il y a la réalité. Une réalité tangible.* « Cole, ce que tu dis n'est pas bien. Tu sais parfaitement que grand-mère est partie, dit-elle d'une voix sévère.

— Je sais. Elle veut que je te dise...

— Je t'en prie, arrête ça, Cole ! »

C'était complètement fou. Mais Cole n'était pas fou. Son fils *n'était pas fou* !

« Elle voulait que je te dise qu'elle t'avait vue danser. Elle a dit que quand tu étais petite, vous vous êtes disputées juste avant ton récital de danse. Tu pensais qu'elle n'était pas venue. Mais elle a assisté au spectacle. »

Lynn sentit sa main monter jusqu'à sa bouche. Comment pouvait-il savoir ça ? Elle avait perdu tout contrôle, maintenant. Elle se sentait flotter, dans l'incapacité de réfléchir, plongée dans un état second.

Le reflet. Ce reflet sur les photos. Ça voulait dire qu'il était vraiment différent, n'est-ce pas ? Il n'était pas comme les autres enfants.

Lynn ne voyait plus que les yeux de Cole. C'étaient les yeux de sa mère, doux et sensibles, mais aussi opiniâtres, obstinés...

« Elle s'est cachée au fond de la salle, alors tu n'as pas pu la voir, continua Cole. Elle a dit que tu dansais comme un ange. Elle a dit aussi que tu es allée la voir là où elle est enterrée. Tu lui as posé une question. Elle a dit que la réponse c'est "chaque jour". »

Oh, Mon Dieu ! Mon Dieu ! Mon Dieu ! Oh, Mon Dieu !

« Qu'est-ce que tu lui as demandé ? » chuchota Cole.

Il savait vraiment. Il connaissait des choses qu'il n'avait pas pu apprendre seul. Des choses que Lynn n'avait formulées que dans le secret de sa conscience.

Sa main retomba lentement et elle répéta à Cole la question que personne au monde n'avait jamais entendu prononcer. « Je lui ai demandé si elle avait été fière de moi. »

Les mots libérèrent des dizaines d'années de larmes retenues, lavant les malentendus accumulés et les chagrins secrets qui avaient accompagné les deux plus grandes amours de sa vie.

Cole se mit aussi à pleurer. Quand Lynn lui ouvrit les bras, il se précipita contre elle, riant et pleurant en même temps et s'accrochant à elle comme si elle était la vie elle-même.

Et elle le serra contre elle, oubliant tout ce qui se passait autour d'eux, elle sentait son petit cœur battre à grands coups, sentait le soulagement l'inonder comme la pluie arrose une terre aride. Quant à son fils, dont elle ne douterait plus jamais, elle essayait de lui faire comprendre par la force de son étreinte qu'elle avait été et serait toujours la mère dont il avait besoin.

22

Malcolm entra chez lui en silence. Il avait confié à Cole une mission. Maintenant, il devait remplir la sienne.

Il fallait que ce silence cesse, il fallait en finir avec la colère et le secret. Si ce n'était pas déjà trop tard.

Il entra dans le hall sur la pointe des pieds et remarqua la lueur blanc bleuté de la télé qui émanait du salon.

Il s'arrêta à l'entrée de la pièce. Anna s'était assoupie sur le divan, pelotonnée sous une couverture. Elle avait la peau lisse et translucide, une expression sereine. Quel que soit son rêve, il semblait l'avoir délivrée du poids de la tristesse. Quand il était plus jeune, Malcolm passait parfois de longues heures à la regarder dormir. Il aspirait à avoir une chance de pouvoir recommencer.

Le film de leur mariage se déroulait de nouveau sur l'écran. Malcolm et Anna coupaient leur gâteau de noces et se servaient deux tranches, sous les vivats de leurs invités. Ensuite, ils entrelacèrent leurs bras et l'un donna à manger à l'autre. Puis, ils échangèrent un baiser. Anna avait alors la même expression que dans son sommeil présent. Ce jour-là aussi, elle avait vécu un rêve. Tous les deux avaient vécu un rêve.

Et même après cette mémorable journée, ils n'avaient pas cessé de rêver. Et ils n'avaient pas cessé de se nourrir l'un l'autre. Ces deux éléments formaient la pierre de voûte de leur mariage.

Il restait forcément encore quelques traces de ce rêve. Malcolm mourait d'envie de réveiller Anna, de lui proposer de regarder la vidéo ensemble, de discuter — mais il n'osa pas. Elle avait besoin de repos.

Tu peux lui parler même si elle dort. Elle ne s'en rendra peut-être pas compte mais elle entendra quand même.

Il s'agenouilla auprès du divan, fixant le sol d'un air embarrassé.

La vérité. Juste la vérité.

« Anna, murmura-t-il. Je me suis senti complètement perdu, ces derniers temps. J'ai besoin de ma meilleure amie.

— Tu me manques », dit Anna.

Surpris, Malcolm leva la tête. Elle avait toujours les yeux fermés et parlait dans son sommeil, comme si elle s'adressait à quelqu'un rencontré en rêve.

Pourvu que ce soit lui.

« Tu me manques aussi. »

Elle bougea légèrement et parla de nouveau. Malgré une élocution embarrassée, il fut sensible à l'intonation douce mais triste de sa voix. « Pourquoi, Malcolm ?

— Qu'est-ce qu'il y a, Anna ? Qu'est-ce que je t'ai fait ? Pourquoi es-tu si triste ?

— Pourquoi m'as-tu quittée ?

— Mais, je *ne t'ai pas* quittée ! »

Anna s'immobilisa et retomba dans un profond sommeil. Son bras glissa de derrière sa tête, ses doigts se refermèrent sur le rebord du canapé.

Puis quelque chose s'échappa de sa main et tomba sur le parquet avec un tintement clair.

C'était une bague qui roulait sur elle-même, accrochant au passage la lumière de la lampe.

Le bijou s'immobilisa et Malcolm reconnut l'alliance d'Anna. Instinctivement, il regarda l'annulaire de la jeune femme.

La bague était toujours là.

Il leva sa main gauche. Sa propre alliance avait disparu.

Il ne se souvenait pourtant pas de l'avoir enlevée — ou l'avait-il fait ? Avait-il même regardé cette bague ces derniers jours ? Peut-être était-ce Anna qui la lui avait prise — la lui avait-elle retirée pendant son sommeil pour lui signifier que leur mariage était terminé ? Voilà qui ne lui ressemblait pourtant pas. Et même, en admettant qu'elle ait agi ainsi, même si la colère l'avait poussée à accomplir ce geste qui lui ressemblait si peu, *pourquoi continuait-elle à porter la sienne* ?

Cette situation absurde commençait à l'effrayer.

Il y avait vraiment quelque chose de bizarre.

Il se sentait étrange, comme dépourvu de substance, comme si sa présence était déplacée. Il se leva, fit quelques pas en arrière et examina la pièce. Tout avait l'air identique, mais on percevait une différence indéfinissable, comme si le monde s'était mis à tourner dans l'autre sens.

Des choses qu'il n'avait pas remarquées jusqu'alors lui sautèrent aux yeux. Le courrier qui s'accumulait sans être ouvert sur la table de l'entrée, depuis ce qui semblait être des semaines. La majeure partie était des factures. Les mots ÉCHÉANCE DUE avaient été rageusement tamponnés sur une enveloppe. DERNIÈRE CHANCE DE RENOUVELLEMENT sur une autre. EST-CE UN ADIEU ? sur une troisième.

Sur la droite de Malcolm, une vieille table avait été poussée contre la porte du sous-sol. Depuis combien de temps était-elle là ?

Sur la table de la salle à manger, le couvert n'était mis que pour une seule personne. Mais elle avait toujours été installée pour deux convives pendant la journée. Toujours. Quel que soit ce qui se passait entre eux, il devait tout de même prendre ses repas. Il vivait toujours à Locus Street, après tout !

N'est-ce pas ?

Malcolm éprouva une étrange sensation. C'était

comme si un voile qui obscurcissait jusqu'alors sa vision se déchirait d'un seul coup. La vidéocassette continuait de tourner, Malcolm levait un verre, Malcolm portait un toast à son épouse — Malcolm, mais pas réellement lui, plutôt une image du passé, celle d'un jeune homme qui n'existait plus.

Un fantôme.

Pourquoi Anna visionnait-elle sans cesse cette cassette ? Pour quelle raison quelqu'un s'attachait-il tant au passé ? Pour rentrer en communication. Pour revoir quelque chose de perdu, quelque chose de disparu. C'est bien ça que recherchait Anna.

C'est aussi la raison pour laquelle les fantômes de Cole lui rendaient visite.

Tremblant, Malcolm examina sa femme de plus près. La respiration d'Anna formait de petits nuages blancs.

« Non... »

La chute.

Il tombait.

Il n'était plus dans le salon. Il était revenu dans le passé, une année dans le passé, et il tombait, il tombait lourdement sur son lit avec une balle dans le flanc, et ce fut comme s'il était de nouveau là-bas, revoyant clairement ce qu'il avait jusque-là oublié. Il y eut une autre détonation dans la salle de bains et Vincent mourut, ce pauvre enfant trop sensible s'était tué et c'est la faute de Malcolm, *la faute de Malcolm*, et qu'est-ce qu'il allait dire à la mère de Vincent et...

Anna hurlait. Elle était couchée sur Malcolm et lui arrachait sa chemise.

La balle n'avait fait qu'un petit trou en entrant. « Ça va. »

Il se tourna sur le côté et sentit son sang jaillir de son corps et imbiber le lit. Il sentit les mains d'Anna pressées contre l'autre côté de la blessure pour essayer d'arrêter l'hémorragie. « *Malcolm !*

— Ça ne fait même plus mal », répondit-il d'une voix éteinte.

Et ça ne faisait vraiment plus mal. Parce qu'il était déjà parti, séparé de son corps. Il voyait tout à la fois, la chambre, la silhouette brisée de l'adolescent dans la salle de bains, et sa femme étreignant le cadavre de son mari dont le dernier battement de cœur venait d'être absorbé par le matelas...

« Anna ! »

Son propre cri le tira du rêve et il se retrouva dans le salon. Maintenant, il savait que *tout* était différent.

Ils ne voient que ce qu'ils veulent voir.

Malcolm se contorsionna pour tirer le dos de sa chemise vers l'avant. Elle était déchirée et couverte de sang.

Là où se situait autrefois le bas de son dos, il n'y avait plus qu'un horrible trou. Mais il ne ressentait aucune souffrance physique, seulement un infini chagrin. Pour la vie dont il avait joui avant de la perdre cette nuit-là. Pour sa femme.

Pour tout ce qui allait bientôt arriver.

Toujours endormie, Anna s'était mise à pleurer et Malcolm revint s'agenouiller auprès d'elle. « Ne pleure pas. »

Mais ses larmes ne firent que redoubler, comme si elle avait perçu sa voix.

Mais Malcolm savait maintenant pourquoi il était là et ce qu'il avait à dire.

Les fantômes de Cole lui apparaissaient parce qu'ils voulaient quelque chose. Malcolm avait appris à l'enfant à le leur donner. Une fois que leur souhait était exaucé, ils disparaissaient pour toujours.

Cole n'avait pas pu satisfaire Malcolm, mais il lui avait offert encore mieux. Il lui avait appris comment combler ses désirs.

Si ce qu'il voulait était simple. C'était aussi une des choses les plus difficiles qu'il ait jamais eu à faire.

« Je crois qu'il faut que je parte, chuchota-t-il à

l'oreille d'Anna. J'avais seulement besoin d'accomplir deux choses. J'avais besoin d'aider quelqu'un. Et ça, je crois que j'y suis arrivé... Et j'avais quelque chose à te dire. »

Anna tressaillit sans pourtant se réveiller. « Parle-moi », murmura-t-elle.

Dis-le, s'ordonna Malcolm.

Dis-le tout simplement.

« Tu n'as jamais été la seconde, dit-il avec toute la conviction qui emplissait son âme. Jamais. »

Les larmes d'Anna s'arrêtèrent dans le pli d'un sourire triste.

Malcolm aussi pleurait. « Tu es en train de dormir, Anna, dit-il avec douceur. Tout sera différent demain matin.

— Bonne nuit, Malcolm, dit Anna.

— Bonne nuit, ma chérie. »

Malcolm se recula, fermant les yeux. La respiration d'Anna formait de petits nuages qui s'élevaient lentement.

Sur l'écran de la télé, la fête de mariage battait son plein. Malcolm était au milieu d'un toast. Derrière la caméra, Anna faisait un gros plan.

« Je veux juste vous dire qu'aujourd'hui est une journée très spéciale. Et j'espère que tout le monde va s'amuser. »

Tout le monde éclata de rire et Anna lança une plaisanterie qui fit rougir le jeune marié.

« *Anna, je n'ai jamais imaginé éprouver les sentiments que je ressens en ce moment*, dit l'image de Malcolm. *Je n'ai jamais imaginé que je serais capable de me tenir devant mes amis et ma famille pour leur parler de ce qu'il y a en moi. Mais, aujourd'hui, je peux le faire...* »

La cassette tourna en silence pendant un instant. Même le grain grossier et l'image sautillante ne parvenaient pas à cacher les larmes du jeune marié. « *Anna*

Crowe, dit-il avec une tendresse infinie. *Je suis amoureux de toi. Amoureux de toi je suis.* »

Il n'y avait plus que de la neige sur l'écran.

Anna Crowe dormait sans bruit, sa respiration était invisible dans l'air tiède du salon.

À PROPOS DE L'AUTEUR

Peter Lerangis est l'auteur de *Watchers*, une série d'aventures mystérieuses et fantastiques, plusieurs fois primée, destinée aux jeunes adolescents. Son nouvel ouvrage en deux volumes, *Antarctica*, sera publié à l'automne 2000. *The Yearbook* et *Driver's Dead*, ses thrillers best-sellers pour ados ont été traduits en plusieurs langues. Parmi ses ouvrages pour des lecteurs plus jeunes on trouve *Spring Fever*, *It Came From the Cafeteria*, et *Attack of the Killer Potatoes*. Il a aussi écrit plusieurs novélisations pour le cinéma dont *Sleepy Hollow* et *El Dorado : the City of Gold*. Il vit à New-York avec sa femme, Tina deVaron et leurs deux fils.

À PROPOS DU SCÉNARISTE

M. Night Shyamalan (prononcer SHA-mah-lahn) a commencé à réaliser des films dès l'âge de dix ans, dans sa ville natale de Philadelphie. A seize ans, il avait déjà quarante-cinq courts-métrages à son actif. A dix-sept ans, il annonça à ses parents, médecins tous les deux, devant les portraits des douze autres médecins de la famille, que malgré son diplôme avec mention et les propositions de bourses universitaires émanant de prestigieuses facultés de médecine, il avait décidé de suivre les cours de la New York University Tisch School of Arts pour étudier la réalisation cinématographique.

Un beau soir, pendant sa dernière année à NYU, Night se met à son bureau et commence la rédaction d'un scénario plein d'émotion, intitulé *Praying With Anger*. Il s'agissait de l'histoire très personnelle d'un étudiant qui dans le cadre d'un échange universitaire retourne en Inde et se retrouve étranger dans son propre pays d'origine : en 1992, ce script deviendra son premier long-métrage à petit budget. En juillet 1993, cette réalisation reçoit le prix du Meilleur Premier Film, décerné par l'American Film Institute de Los Angeles.

En juin 1995, on lui demande d'écrire l'adaptation de *Stuart Little*, d'après le célèbre classique pour enfants de E.B. White.

En 1998, il réalise son second long-métrage, *Wide Awake*, avec en vedette Rosie O'Donnell. L'histoire de l'étroite relation entre un gamin confié à une école catholique et son grand-père. Le tournage s'est exclusivement déroulé à Philadelphie et dans ses environs.

À paraître, un nouveau film pour Walt Disney intitulé *Unbreakable*.

LE MONTAGE DU METTEUR EN SCÈNE :

Les Secrets du *Sixième sens* par M. Night Shyamalan

M. Night Shyamalan a conçu, écrit et dirigé *Le Sixième sens*. Pour citer une des répliques du film, il est « prêt à communiquer avec (vous) » et à partager son point de vue sur ce film, mais aussi à éclaircir certains éléments qui demeurent mystérieux.

Parfois, une image vous passe par la tête, et vous vous dites : « Bon sang, ça ferait une bonne histoire. »

C'est ainsi qu'a commencé *Le Sixième Sens*.

Le concept du film m'est venu très tôt. J'avais en tête l'image d'un gamin à une veillée, après des funérailles, assis sur l'escalier de la maison, en train de parler à quelqu'un qui n'était pas là. Et je pensais : Comment faire un film qui parlerait de ce petit garçon qui voit la personne décédée ? Pendant longtemps, je n'ai pas très bien su comment m'y prendre, ni quelle allait être l'intrigue. Et puis, je suis arrivé à cette relation père-fils, qui est devenue, bien sûr, l'histoire de Cole et de Malcolm.

C'est cette première image qui m'a poussé à utiliser un enfant, comme personnage principal, et c'est ainsi que Cole est devenu l'axe central du *Sixième Sens*. Mais là n'est pas l'unique raison de mon choix. Dans la plupart de mes films, le personnage principal est un enfant parce que ce sont eux qui reflètent le plus précisément mon point de vue. Les enfants possèdent à la fois innocence et sens du merveilleux, ils ne sont pas encore déformés par le cynisme, et jouissent par-dessus tout de la faculté de croire. En conséquence, dans une histoire de fantômes, leur présence est presque une évidence.

Savez-vous pourquoi vous avez peur quand vous êtes seul ?

Certains aspects du caractère de Cole sont directement liés à ma propre enfance. J'étais alors fort timide et je craignais par-dessus tout de rester seul — c'était presque une phobie. Mes parents devaient s'arranger pour qu'il y ait toujours quelqu'un avec moi. J'avais horreur de me retrouver seul dans une pièce. Naturellement, j'ai surmonté cette peur pendant mon adolescence, mais c'était un aspect très saillant de ma personnalité et c'est précisément ceci qui est évoqué dans *Le Sixième Sens*.

Le personnage de Malcolm a beaucoup évolué. Au début, il s'agissait d'un photographe judiciaire, habitué à prendre des prises de vue des crimes. Finalement, il est devenu un thérapeute car il me fallait trouver à ce personnage un métier qui rende sa présence auprès de Cole tout à fait naturelle ; qu'il n'ait pas besoin d'appeler le gamin et de lui dire quelque chose comme : « Salut, est-ce que tu pourrais me retrouver chez le glacier pour que nous bavardions un peu. » Le métier de Malcolm devait lui permettre de rencontrer Cole n'importe quand, lui donner un moyen de rentrer dans son intimité sans que moi, l'auteur, j'aie à me préoccuper de la manière dont cet homme et ce petit garçon se rencontrent.

Que Malcolm soit un pédopsychiatre résolvait ce problème pratique. Cela m'a permis aussi d'orienter mes recherches. Mon épouse exerce cette profession et j'ai envoyé un questionnaire à tous ses professeurs et à ses collègues. Je leur ai posé de nombreuses questions, comme par exemple : « Comment réagiriez-vous si un enfant vous disait qu'il voit des fantômes ? » ou : « Que feriez-vous si un enfant refusait de vous parler et se renfermait complètement ? » ou encore : « Vous est-il déjà arrivé de pleurer au cours d'une séance, si un enfant vous dit quelque chose de particulièrement émouvant ? »

J'ai reçu beaucoup de réponses variées et intéressantes. En les mélangeant, j'ai obtenu les réactions de Malcolm.

Une des choses qui n'ont pas changé chez Malcolm, c'est son nom de famille. A mes yeux, un corbeau[1] est un oiseau qui symbolise la mort. Les corbeaux me donnent l'impression d'être des oiseaux de mauvais augure, c'est pourquoi je l'ai appelé ainsi. En plus, ça aurait vraiment été bizarre de l'appeler Malcolm Vautour !

Je vois des morts...

Je crois que c'est du domaine du possible que nous puissions rentrer en contact, ou être contactés, par quelqu'un qui est mort. J'ai évidemment rencontré beaucoup de gens pour qui il existe des points de rencontre entre les deux mondes, mais je n'ai pas de preuve concrète de leur existence.

L'opinion la plus répandue parmi les gens qui croient est que certains esprits rencontrent des difficultés à passer de notre monde — celui de l'incarnation — à un autre univers entièrement spirituel. Ils ont du mal à partir et restent en quelque sorte à un stade inter-

1. *Crow* signifie « corbeau » en anglais *(N.d.T.)*.

médiaire — à l'image de ce qu'ils étaient. Ils ont du mal à abandonner tout cela. La plupart ne parviennent pas à accepter cet état. Ces esprits ne savent même pas qu'ils sont morts. Souvent, il s'agit d'esprits à qui on a fait du mal et qui ne peuvent partir avant que le mal ne soit réparé. Ou, comme la petite fille de la fin du film (Kyra), ils ne peuvent partir parce qu'ils savent que quelqu'un (la petite sœur de Kyra) risque de souffrir. En conséquence, ils éprouvent le besoin de lever la menace avant de pouvoir partir en paix. Ils ont besoin de mettre une sorte de conclusion à leur vie avant de la quitter définitivement.

Bien que je ne possède aucune preuve concrète de ce que j'avance, ça me paraît logique. C'est bien de cette manière que nous fonctionnons, n'est-ce pas ? Si nous pensons à un million de choses le matin, et que nous avons un millier de choses à faire, nous pensons que nous disposons d'un millier de jours pour les faire, et puis, tout d'un coup, boum ! l'accident de voiture qui arrive en un clin d'œil. Toute cette énergie doit bien aller quelque part, j'imagine que ça ne peut pas tout simplement s'évanouir.

Mes cousins et moi avons, toujours, souvent, joué au Oui-ja [1]. Des événements extrêmement étranges se sont produits à deux reprises. La dernière fois, c'était il n'y a pas si longtemps. Nous étions installés dans le sous-sol de la maison de mon oncle. La personne qui avait posé la question n'avait pas la main sur le plateau et aucun des autres participants ne pouvait savoir ce dont il s'agissait. Mais la précision de la réponse du oui-ja effraya tout le monde. En effet, seule la personne qui avait interrogé le oui-ja connaissait tous les détails et cette personne n'avait pas les mains sur la planche.

1. Plateau de bois où sont portés les chiffres et les lettres de l'alphabet utilisé en occultisme pour communiquer avec l'au-delà. Une petite planchette en bois sert à désigner les signes *(N.d.T.)*.

Si je *pouvais* entrer en contact avec un mort, j'aimerais parler à Alfred Hitchock. J'ai deux ou trois questions à lui poser !

Il y a aussi quelqu'un d'autre. Un de mes amis du lycée qui est mort... d'une manière plutôt déplaisante... j'aimerais juste savoir si ça va pour lui. Je n'ai pas essayé de transposer dans *Le Sixième Sens* ce que je ressentais pour cet ami, mais j'ai pensé à lui plusieurs fois pendant le tournage.

Les questions qui demeurent

Le succès du *Sixième Sens* est très gratifiant, particulièrement le fait que les gens en parlent, le dissèquent, retournent le voir, parce que c'est pour cela que je fais tous mes films, pour me soumettre à ce type d'investigation attentive. Ce serait désolant de mettre tant de minutie dans la réalisation de son travail et que personne ne s'en soucie — un double chagrin.

Voilà la réponse à quelques-unes des questions qu'on me pose souvent.

• Est-ce que Cole sait depuis le début que Malcolm est mort ?

La réponse est oui.

• Est-ce pour cette raison que, dès que Cole voit Malcolm, il se sauve dans l'église ?

Non, Cole fait souvent le parcours de chez lui à l'église en courant. Il ne se sauve pas par peur des fantômes.

• Pourquoi Cole n'est-il pas effrayé par Malcolm ?

Un des éléments que j'ai découverts au cours de mes recherches et que j'observe généralement chez les enfants, c'est le côté prosaïque de leur vision des choses. Ils ne sont pas comme nous. Ils ne sont pas encore blasés, ne pensent pas : « Oh, tu es noir, tu es blanc... » Cole n'a pas peur de la personne qu'il rencontre dans le couloir parce qu'il est un fantôme, mais parce qu'il s'agit d'un étranger et que cette personne saigne. En conséquence, pour Cole, même si son sixième sens lui apprend qu'il s'agit d'un fantôme, Malcolm n'est qu'un homme, une entité. C'est pour cela qu'il l'accepte aussi facilement — leur rapport est une relation normale entre un homme et un enfant.

• Y a-t-il d'autres fantômes dont Cole n'a pas peur ?

Oui. Le film sous-entend que le prêtre qui lui a appris le latin et la grand-mère de Cole, entre autres, sont des fantômes avec qui il entretient des relations détendues, voire positives et enrichissantes. Et le professeur, Mme Deems, qui est morte dans l'incendie à l'école — celle qui a parlé à Cole de Stanley le Bègue. Malcolm est, bien sûr, celui qui l'aide à se transformer.

• Qu'y a-t-il de particulier dans la poignée rouge de la porte du sous-sol ?

C'est plus qu'une simple poignée. Tout ce qui est relié à l'autre monde — au monde du sixième sens — tout ce qui était avant tout « porteur de sens » était rouge. Si vous regardez bien, vous verrez que les objets rouges — la tasse à café, le pull-over de Cole, la robe d'Anna au restaurant et bien sûr la poignée de porte — ont un rapport, un sens, une portée qui les relient à l'autre monde.

• Y a-t-il une sorte de croyance ou une théorie à propos de cette couleur ?

Non, ça m'est venu comme ça. Utiliser les couleurs pour signifier des choses, c'est un truc visuel qui se rapporte aux techniques de tournage.

• Si Cole sait que les fantômes ne peuvent pas se voir mutuellement, pourquoi s'attend-il que Malcolm puisse voir les pendus à l'école ?

Cole le comprend très bien, mais il ne possède pas toutes les règles. Et même s'il ne s'attend pas vraiment que Malcolm puisse les voir, il n'en espère pas moins que Malcolm voie la même chose de lui. « Tu sais, tu *peux* peut-être les voir, si tu reste très tranquille. »

Personne, ni parmi sa famille ni parmi ses amis ne peut voir les fantômes, mais dans l'esprit de Cole, il ne serait pas aussi isolé — un cinglé — s'ils le pouvaient. Si tous restaient vraiment calmes et écoutaient ce qu'il avait à dire, ils pourraient atteindre la couche supérieure et ressentiraient quelque chose et Cole pourrait leur dire à ce moment-là : « C'est eux. » Tout ce qu'il désire, c'est qu'ils perçoivent la partie émergée de l'iceberg qu'il connaît dans son entier. Il sait que chacun peut voir cette partie émergée.

Comment expliquer les choses à quelqu'un qui ne peut pas voir les fantômes ? Vous dites : « Restez vraiment sans bouger. Est-ce que vous sentez quelque chose chatouiller votre nuque ? C'est eux. Et c'est tout ce que vous pourrez ressentir, mais faites-moi confiance, c'est bien eux. »

• Comment Malcolm se rend-il au sous-sol alors que la porte est verrouillée ?

C'est un fantôme ! Il voit la porte, essaie de l'ouvrir et pense : « Pourquoi est-elle fermée ? Bon, je vais prendre mes clés. » Il cherche ses clés... et puis plus rien. Ensuite, il se retrouve dans le sous-sol. Comment y est-il arrivé ? Comme tous les fantômes, il est passé à travers la porte. Mais il ne peut pas en avoir conscience, car cela l'amènerait à accepter son état et ce qu'il est vraiment, ce à quoi il n'est pas prêt avant la fin du film.

• Cole dit qu'il fait froid quand les fantômes sont en colère, mais à la fin, la respiration d'Anna est condensée par le froid alors qu'il n'y a pas de fantômes en colère autour d'elle.

Malcolm est présent et lorsqu'il comprend qu'il est mort, il est complètement bouleversé et la pièce se refroidit instantanément. L'esprit qui jusque là n'était pas en colère — l'esprit de l'homme qui vivait dans cette maison — vient de comprendre que sa vie est finie et qu'elle s'est terminée deux ans auparavant ! Toutes sortes d'émotions, dont la colère, déferlent en même temps, sans qu'il puisse les contrôler. En conséquence, la température de la maison tout entière tombe parce qu'il est bouleversé et en colère.

Je suis prêt à communiquer avec vous, maintenant.
Quand j'étais enfant, j'adorais le film *Poltergeist* et d'autres du même genre, il était donc logique qu'après avoir grandi et commencé à faire des films, une génération entière d'enfants soit prête à les accueillir. Le phénomène est extrêmement gratifiant. Mais la chose essentielle que je veux que les gens retiennent du *Sixième Sens* est l'espoir que peut-être, au terme de l'existence, tout finisse par prendre son véritable sens. Que ce n'est pas si mal et qu'on *peut* trouver un sens aux choses. Et qu'il faut communiquer. Car la communication est quelque chose de primordial.

Achevé d'imprimer sur les presses de

BUSSIÈRE

GROUPE CPI

à Saint-Amand-Montrond (Cher)
en janvier 2001

POCKET - 12, avenue d'Italie - 75627 Paris Cedex 13
Tél. : 01-44-16-05-00

— N° d'imp. 10209. —
Dépôt légal : novembre 2000.

Imprimé en France